유일한, 평범

유일한, 평범

최현정 지음

21세기북스

차 례

Part 2. 생소해서 두렵지만, 간지럽게 좋았던

Part 3. 나를 배우며, 사람을 배우며

세상에서 유일하게 평범한,
당신에게 전합니다.

Very Special
Ordinariness

프롤로그

글을 쓰겠노라, 오래도록 꿈꿔왔다. 상상하고, 동경해왔다. 그러면서도 정작 한 페이지도 쓰지 못하고 오래, 살았다. 스무 살 첫 남자 친구가 국문학을 전공한다기에 덩달아 국문과생이 되어버렸다 말하곤 했지만, 사회로 나와서는 국어국문학 전공이 무용지물이더라고 푸념을 하곤 했지만, 깊은 곳에서는 눈곱만 한 씨앗을 품고 있었다. 글 쓰는 사람이 되겠다는 꿈. 언젠가는 싹을 틔울 수 있을지도 모른다고 중얼거리는 작은 씨앗.

역설적이게도 이 소망이 오래도록 내 발목을 붙잡았다. 쓰려면 잘 써야 했고, 잘 쓰려니, 잘 안됐다. 한 문장, 한 단락 쓰고 지워진 무수한 글 파편 속에서 나는 씨앗을 바짝바짝 말리며 살아가고 있었다. 어느 날 깨달았다. 이 씨앗에 물을 주기 위해서는 내 안에서 물을 길어야 한다는 것을. 나에게 위로를 건넨 책들을 부러워하며, 나도 누군가를 위해 이런 책을 쓰리라, 했던 나의 꿈을 이제는 바꾸었다. 누구보다도 먼저, 나를 위한 글을 쓰자고.

밖으로 갈피를 모르고 뻗어 있던 욕심을 거두고, 다시 고쳐 앉았다. 그리고 무엇이 되었든, 내 안에 있는 것을 밖으로 꺼내어 목소리를 담아주기로 했다. 이렇게 첫걸음을 떼는 거라고, 내 등을 두드려주기로 했다. 그제야 비로소 앉아서 자판을 두드릴 수 있었다.

막상 앉아보고 깨달았다. 오랫동안 쓰고 싶었지만 쓸 이야기가 없었다는 것을. 인생이 너무 순탄했는지도, 반대로 너무 지쳐서 쓸 힘이 없었던 건지도 모르겠다. 그런데 대체 무엇이 달라진 것인지, 아이를 낳고 아이를 위해 내 삶을 뭉텅 떼어 내주고 나서야, 쓸 수 있게 되었다.

글을 쓴다는 것은 막연한 갈망이었다가, 속 시원한 고백이었다가, 이젠 치유가 되어가는 듯하다. 글의 힘이란 것을 보았다. 신비한 힘. 타닥타닥 써 내려가다 멈칫거린 순간들에서 나를 알게 되었다. 내 안으로 눈길을 돌려 나를 바라보게 되었다.

처음 보듯 들여다본 나는 낯설었고, 낯선 내가 되어 맨살로 밖에 나선 기분이다. 방어막 없는 생살에 상처가 생길까 걱정된다. 그럼에도 나는 맨살을 한번 드러내고 싶었다. 오래도록, 그러고 싶었다는 것을 깨닫는다. 나를 드러내는 용기가, 나에겐 의미 있으니까. 그것으로 족하다, 나를 다독이며 이야기들을 쏟아내었다.

말랑한 글을 쓰고 싶었다. 한때 좋아했던 일본 소설 같은 글이 쓰고 싶었다. 읽고 나면 가볍고 맑은 기운이 온몸을 스쳐 지나간 듯 가뿐해지는 그런. 나의 글은 결국 그렇지 못했다. 그건 내가 결정할 수 있는 문제가 아니었다. 글에는 그저 그 사람을 관통한 경험들만이 담길 수 있구나, 절감한다.

밝게 살고 싶고, 무겁지 않고 싶지만, 나의 삶의 무게는 가볍지도 밝지만도 않다. 그런 그대로를 바라볼 수 있으면 좋겠다. 바라보고, 내가 바라던 대로가 아니라 해도 고개를 끄덕이고 싶다. 특별함을 꿈꾸지만 평범에 머물고 마는 나의 이야기들이 또 다른 평범과 만나 동그란 원을 그려낼 수 있기를 바란다. 우리의 평범은 모두, 우리에게 유일한, 그러므로 특별한, 평범이니까.

이렇게 미지근한 나의 삶에, 그 안에서 조금은 우스꽝스럽게 버둥대는 나에게, 애정을 주고, 인정을 주고 싶다. 이 모습도 만족스럽다고. 그런 마음을 발아래 디디고 다음으로 나아갈 수 있다고 믿는다. 그 발걸음을 내딛는 슬로모션이 여기 담겼다.

2021년 가을,

최현정

Part 1.

세상에 다시 끼어들 수 있을까

삶이 달라졌다

갑자기 어떤 용기인지, 에너지가 생긴 건지, 문득 떠오른 사람에게 연락했다. 오랜만이라고, 차 한잔하자고. 에스엔에스(SNS)에서 근황을 종종 엿보았고, '좋아요'를 누르기도 했고, 간혹 댓글을 달기도 했지만, 이렇게 불쑥 안부를 묻는 일은 조금 더 용기가 필요한 일이다. 상대가 이런 연락을 받기 부담스럽지 않을 타이밍인지 확신할 수 없기에.

아이를 가지고 배가 둔탁해지면서 생활 반경이 좁아

졌다. 부른 배를 내밀고 거리를 나서기엔 왠지 부끄럽달까, 하는 때가 있었고, 그다음엔 배가 너무 커져서 마땅하게 입고 나갈 옷이 없었고, 마지막 달에는 왠지 모르게 조마조마한 기분이 되어서는 외출이라곤 임산부 필라테스 수업이 유일해졌다. 이렇게 점점 나의 사회 활동은 쪼그라져만 갔다.

아이를 낳고 나서는 더더욱 그랬다. 기본적인 욕구를 채우고 살기에도 버거웠던 시간. 조각 잠은 여러 번 자고 나도 피로가 가시지 않았고, 두 아이가 얌전한 틈에 허겁지겁 음식을 입에 밀어 넣으며 서글펐고, 아이의 울음에 적절히 대처하지 못할 때면 정신이 탈탈 털린다는 게 이런 거구나 절감했던, 그저 막막함이 지배했던 시간.

그랬는데, 이제는 조금 정신이 들었나? 바깥공기가 궁금해지고, 세상 이야기에 좀 끼고 싶고, 그런 마음이 든 것 같다. 그리고 떠오른 사람은 왠지 나에게 세상 이야기를 이질감 없도록 배려해가며 전해줄 것만 같았는지도.

그가 말했다. 쌍둥이를 낳았다는 이야기를 전해 들었고, 왠지 연락하기가 어려웠다고. 삶이 바쁠 것 같았고, 방해될까 봐 연락해도 될지 주저했고, 그러다 시간이 더 흐르니 불쑥 안부 인사를 건네기엔 어색한 사이가 되어버린 듯했다고. 그렇게 사람들과 멀어졌구나, 나는.

아이를 낳기 전엔 나도 그랬던 것 같다. 엄마가 된 사람은 어떤 큰 강을 건너 저쪽 편으로 가버린 사람으로 여겼다. 강 저편의 삶은 뿌연 안개였고, 안갯속을 굳이 들여다보고 싶지는 않았다. 분명한 것은 이곳과는 다른 세상이라는 것. 저쪽으로 건너가야 하는 날이 오겠지만, 그전에는 먼 저곳을 헤아리기보다는 이편의 세상을 즐기리, 뭐 그런 마음이었달까? 그리고 어느 날 내가 강을 건너게 되었다. 와서 보니 안갯속 세상에 대한 나의 어림짐작은 얼마간 맞고, 대부분은 틀렸다.

삶은 달라졌고, 삶을 구성하는 요소 하나하나가 새롭다. 이불 위를 나뒹구는 아이의 '쪽쪽이'를 더듬더듬 찾아내는 것으로 시작하는 나의 하루는, 아이들에게 양 팔베개를 내어주고 누워, "떡 하나 주면 안 잡아먹지!"를 외치는 호랑이가 고개를 넘고 넘다 까무룩 끝이 난다. 아이를 낳기 전에는 강 너머의 구체적인 삶을 이토록 낱낱이 보고 싶지 않았나 보다. 화장실 가는 것조차 여의치 않다는 것의 실제 의미를, 아이들이 낮잠을 자는 동안 쉬면 되지 않느냐는 말의 허상을 이제는 알게 되었다.

말해주고 싶다. "있잖아 겪어봤더니 말이야…"라면서 세세히 나의 일상을, 어제가 오늘인지, 오늘이 내일인지 모를, 이 무한히 변주되어 반복되는 도돌이표를, 마구 토로하고 싶어진다. 그러다 멈칫한다. 기억이 나서. 강 저편(내가 있던 쪽이 이젠 나와 먼, 저쪽이 되었다.) 저이들이었을 때 나는, 이쪽 세상 이야기가 재미없었다. 아이가 먹는 분유가 무슨 브랜드인지, 기저귀는 무엇이 좋은지로 시작해 아이 학원은 어디가 좋을지에서 내신과 수능 이야기로 이어지는 머리 아픈 이야기들이 나에겐 끝내 두려워 미지의 세계로 남기를 바라는 듯 굴었다.

그러므로 입을 닫을지어다. 물어보지 않을, 궁금하지 않을 이야기임을 알고 있으니. 그러면서도 나는 끊임없이 강 건너 세계와의 접점을 찾아 기웃거린다. 강 저편의 가뿐한 삶(으로 보이는)에게 굳이 이쪽 세상을 설명해 주고, 이해를 구하고, 교류하자고 말 건네고 싶어진다. 그리고 깨닫는다. 내가 얼마나 냉정하게 넓은 강을 파 놓았었는지를.

이제 와 구차하지만, 이 강을 좀 메우고 싶다. 육아를 통해 세상이 뚝 잘리듯 나뉘지 않았으면 좋겠다. 이왕지사 강물이 깊게 파여 있다면, 그 위에 다리를 세우고 싶다. 때때로 강을 넘어 빛깔부터 다른 저 공기를 마시고 돌아올 수 있도록, 이 큰 강에 다리가 놓여 있기를 바란다. 육아의 세계로 넘어오면 좀처럼 되돌아가기 힘든 게 아니라, 반포대교, 동작대교, 한강대교만큼, 아니 더 촘촘히 다리가 놓여 이쪽저쪽 세계가 더 자유롭게, 원활하게 오갈 수 있다면 좋겠다.

나는 이 사회에 바란다. 여기에 다리를 좀 많이 지어 달라고. 오늘은 불쑥 다리를 건너 저쪽 세상에 살던 나를 만나고, 저쪽 삶을 한껏 들이마신 뒤에 다시 강을 건너 나의 세계로 복귀하고 싶다. 그렇게 조금씩 다시 저쪽 세상과 자주 악속을 잡고 싶다.

프리랜서

프리랜서라는 말에 대해 생각한다. free-lancer. 한곳에 묶이지 않고, 일을 마친 뒤에는 미련 없이 새로운 곳을 향해 훌쩍 날아가는, 몸이 가벼운 한 마리 새 같은 단어. 궁금하다. 세상의 수많은 프리랜서들은 과연 자신의 프리함을 좋아하고, 즐기고 있을까?

'프리랜서 아나운서'라는 말에 사람들이 바로 떠올릴 몇몇의 인물들. 여러 채널에 등장하고, 정말 바빠 보이는 그들. 그들은 너무도 바쁜 나머지, 밀리는 차를 타고 다니는 대신 정말 새처럼 이리저리 날아다니며 일할 수 있으면 좋겠다고 생각할지 모른다. 그럴지도 모르겠다, 라고 짐작해 볼 뿐 그들이 진짜 어떤 생각을 하는지는 알 수 없다. 나와 너무도 다른 삶이니 내가 가늠하기 어려울 수밖에.

나도 프리랜서 아나운서다. 하지만 스스로 그렇게 소개한 적은 없다. "어머, 그래요? 무슨 방송 하시는데요?" 라고 하면 말문이 막힐 테니까. 나도 일을 한다. 주목도가 아주 높지는 않은 방송사의 일을 간헐적으로 한다. 그러다 일이 떨어지면 쉰다. 그러다 또 운 좋게 누가 불러주면 달려간다. 프리랜서란 대체로 이럴 것이라 생각한다. 이런 나를 부끄러워하고 싶지 않은데, 이따금 부끄러워하는 나를 본다.

회사를 나오고 얼마간은 누가 아나운서라고 부르면 손사래를 쳤다. "어머, 이젠 아나운서 아니에요!" 상대의 난감한 눈빛을 완강히 외면하며 '이제는 아니야.' 하고 스스로에게 납득시키듯. 나를 존중해주는 의미로 아나운서라고 불러주는 것은 무척 고마운 일이었지만, 그걸 받아들이는 건 옳지 않다고 느꼈다.

아나운서라는 직업에 자부심을 드높이 가지던 회사원 시절의 나는, 아나운서란 사익을 추구하면 안 되는 (그렇기에 사기업의 행사 따위엔 모습을 드러내면 안 되는) 사람, 몸가짐과 마음가짐을 단정히 해야 마땅한 존재라는, 이상적인 아나운서상을 가지고 있었다. (물론 나는 전혀 그렇게 살지 못했지만, 그렇게 사는 모습이 아름다우리라는 생각은 늘 했다. 또 진짜 그런 삶을 몸소 보여주는 선배가 있었고 후배들은 그런 선배를 경외했다. 그는 심지어 회사를 나와서도 여러 은행의 광고 모델 제안을 거절한 것으로 유명했는데, 어느 곳에서는 백지수표를 내밀며 광고료는 적는 대로 주겠다고 하였으나, 콧방귀도 안 뀌었다는 소문이 들려오기도 했다.)

그래서 방송사를 나와 기업 행사도 진행하면서, 여전히 아나운서라고 스스로를 지칭하는 것은 공영방송사에서 정해진 월급을 받으며 사명감으로 일하는 사람에 대한 예의가 아니라고, 엄격하게 생각했다. 아나운서를 '사칭'하고 다니지 않겠다 다짐했다.

문제는 대체할 호칭을 찾지 못하는 데 있었다. "아나운서 아니에요…." 했는데, "그럼 뭐라고 부를까요?" 하는 물음에는 말문이 막히는 것이다.

"방송인 최현정으로 소개할까요?"

"저, 지금 방송하는 거 하나도 없는데요?"

"전 아나운서 최현정?"

"으악, 가장 측은한 소개가 전(前) 뭐시기라는 소개라고 생각해 왔는데요?"

"그럼… 그냥 현정 씨?"

'어머, 그것도 싫네요….'(이건 직접 못하고, 속엣말로 대답한다.)가 되는 것이다.

아나운서였던 시절부터 아나운서가 아니게 된 시기에 걸쳐 몇 달에 한 번씩 한 환자 단체 행사의 진행을 맡았었다. 회사를 그만둔 뒤 내가 한사코 아나운서가 아니라고 하자, 단체 관계자는 대체할 호칭을 찾기 위해 고심하다가 나에게 홍보대사 위촉패를 주면서 '방송인 최현정'이라고 적어주었는데, 그 투명하고 묵직한 명패를 받아들며 확실히 알았다. '내 호칭은 아니야.' 이런 나의 모순이 낯뜨겁다. 이후, 나는 조용해졌다. 아나운서라고 불러주면 가만히, 감사히, 수긍하며 "네!" 대답한다. 나는 이제 아나운서가 아니지만 여전히, 아나운서라 불리면 좋다.

나의 사회적 위치를 설명할 단어가 없다는 것이 나를 움츠러들게 한다. 왜 우리 사회는 이리도 직함을 찾느냐 말이다. 그냥 "최현정입니다."라는 소개로 충분하면 좋겠다. 하지만 그런 불친절한 소개란 이름 자체로 브랜드가 된 '셀럽'에게나 허락되는 것이지, 이름도 얼굴도 가물가물한, 한때 방송을 조금 했던, 퇴직한 아나운서가 하기엔 건방진 소개가 되어버리는 것이 슬프다. 정말이지 지금의 나를 소개할 말을 못 찾겠다.

얼마 전 새로운 방송 일을 맡았다. 작은 방송사의 라디오 프로그램이다. 오랜만에 일주일에 한 번이 아닌, 매일 하는 일을 받은 게 반갑고, 또 내가 공부하고 있는 상담에 대한 방송이어서 설렌다. 그래도 이에 대해 적을지 말지 고민스럽다. 이 내용이 활자로 인쇄되어 있을 때 사실과 다를 확률이 높으므로. (나는 프리랜서이므로 내일 잘릴지 모레 잘릴지, 알 수 없으니까.)

회사를 나오고 처음 얼마간 이상한 자의식이 발동해서 회사 선배들을 만날 때면 마음이 영 불편하기도 했다. 선배들이 나를 불쌍하게 볼까 봐.

나는 마치 '영업 중'이라고 불을 켜두었건만 손님이 한 명도 없는 식당 같았다. 들어가 볼까? 하고 살짝 안을 들여다보다 텅 비어 있는 것을 확인하곤 슬며시 발걸음을 돌리게 되는, 좀 안쓰러운 식당. 손님이 오더라도 '이 식당 맛있겠다.' 하고 오는 게 아니라, '손님이 없어서 힘들겠다. 대충 여기에서 때우자.' 하고 들어오는 손님일까 봐 무서워하는 식당. 이 식당을 살리려면 돈을 좀 써서라도 '맛집' 후기가 인터넷에 돌도록 해야 하고, '영업 중' 네온사인 불빛도 크고 반짝이는 걸로 내걸고, 인테리어에도 힘주고, 요리사도 새로 뽑고 그래야 하는데, 도무지 그런 화려한 노력은 발휘할 줄 모르는 고지식한 식당.

그래도 꿈꾼다. 나도 조금은 자랑스럽게 나를 소개할 타이틀을 찾을 수 있는 날이 올 거라고. 식당 문을 안 닫으면 언젠가 손님이 오긴 올 것이고, 정직하게 맛난 음식을 대접하면 되는 거라고, 그렇게 생각한다. 이도 저도 아닌 채 시간이 흐르면 그냥 '오래 버틴 집'이라는 문구라도 내걸어볼 테다.

1막이 끝나고 난 뒤

회사를 관두면서 생각했다. 내 인생의 1막이 끝났다고. MBC라는 타이틀을 달고 지낸 10년 동안 한 번도 사표를 내고 싶다는 생각을 한 적이 없다. 많은 직장인이 가슴속에 사표를 품고 산다지만, 나는 그 말에 기계적으로 끄덕일 뿐 공감하지 않았다. 어렵사리 원하는 회사에 들어갔고, 그만큼 그 회사의 구성원으로 존재하는 내가 자랑스러웠으니까.

몇 번의 파업을 거듭하면서 방송에 얼굴을 내밀지 못

하는 시간이 길어졌고 그렇게 잊혀가는 사람이 되는 게 두렵기도 했지만, 그렇다고 나는 막 사표를 던지는 그런 사람이 아니다. 회사를 벗어나면 내가 별것 없는 사람임을 잘 알고 있기도 했다. 그런 내가 사표를 내다니, 그런 충동적인 행동을 하다니. 나도 내가 믿어지지 않았다.

회사를 나올 때 나의 직함은 아나운서국 아나운서가 아니라 라디오국 편성 피디였다. MBC 역사상 가장 길었던 파업이 끝나고, 나는 사회공헌실이라는 경영국 조직으로 발령을 받아 얼마간 지내야 했다. 경영진은 아나운서들이 파업의 일선에 서는 게 마뜩잖았을 텐데, 나는 그중에서도 파업 홍보 영상도 찍고 전단지도 열심히 돌리는 성실한 '프로 파업러'였고, 파업을 접고 사무실로 올라오면서 이런저런 보복성 인사의 대상이 되었다.

질 것을 계산하지 않았고, 이후에 펼쳐질 정치적 상황에 대해서는 더더욱 고려하지 않았던 나의 단순함에 대해 아쉬움은 없었다. 언론인으로서 추구해야 하는 가치에 대해 노동자의 수단으로 목소리를 낸 것뿐이었지만, 원하는 것을 성취하지 못한 이후의 시간은 그저 견뎌야 한다는 것에 고개를 끄덕이기로 했다.

마땅한 일거리가 없었던 사회공헌실에서 개인적인 공부라도 좀 해둘걸, 하고 지금은 생각하지만, 그 시절 나는 멍하니 무위의 시간을 보냈다. 어디에 마음을 두어야 할지 몰라 불안해지는 마음을, 깊게 들여다보지 않는 데에 힘을 쏟았다.

그러던 어느 날, 부당 발령에 대한 승소 판결 소식을 듣고 바로 짐을 쌌고, 다음날부터 아무 일 없던 듯 다시 아나운서국으로 출근했다. 1년여 만의 복귀였다. 여전히 방송 업무가 거의 주어지지 않았지만 3분짜리 라디오 뉴스를 하는 것만으로 충분했다. 어쨌든 제자리를 찾아 돌아왔으니까.

안정감을 찾은 것도 잠시, 얼마 안 되어 또 다른 부서로 발령을 받았다. 어떤 설명도 상의도 없이 인트라넷 공지로 알게 된 나의 새 거처는 라디오국 편성부였다. 차라리 사회공헌실로의 발령이 나았다. 거기에는 나 말고도 부당한 발령을 받아 온 각기 다른 부처의 사람들이 모여 서로 같은 처지라 토닥이며, '여기가 잠시 우리가 비를 피해 있어야 할 곳이야.'라는 암묵적인 공감대가 있었다.

하지만 라디오국은 달랐다. 모두 각자의 현업으로 복귀해 그간의 공백을 메우기 위해 열심히 달리려는 한가운데, 난 덩그러니 던져진 미운 오리 새끼였다. 거기 섞일 수 없다고 느꼈다. 애써 외면했던 감정들이 자꾸만 비집고 올라오기 시작했다.

그 첫 번째는 무력감이었다. 내가 뭘 할 수 있는지, 하고 싶은 게 있기는 한 건지 감각이 없었다. 내 의사와 상관없이 내려진 발령에 수긍하고 회사를 다녀야 한다는 게 처참하다는 생각뿐이었다.

나를 관리하게 된 부장은, 갑작스럽겠지만 부정적으로 볼 일만은 아니라며, 아나운서 대신 피디라는 새로운 커리어를 시작할 좋은 기회라 말했다. 나를 아낀다는 몇몇 라디오국 선배들도, 이렇게도 길이 열리는 거라며 이참에 라디오 피디로 자리 잡는 건 어떠냐고, 당황하는 나를 다독여주었다. 놀란 눈을 동그랗게 뜨며 고개를 주억거렸지만, 마음은 끝내 끄덕이지 못했다. 나의 선택이 배제된 자리에 도무지 정이 붙지 않았다. 의욕이랄까 의지랄까 하는, 모든 종류의 '의(意)'가 내 안에서 빠져나가고 없는 상태였다.

나의 새 위치, 라디오 편성 피디의 역할은 라디오 프로그램 전체의 협찬이나 광고를 관리하고, 그 외 (이제는 잘 기억나지도 않는) 잡다한 라디오국 운영 업무를 보는 것이었는데, 그 특성상 여느 피디와는 달리 자리를 지키고 앉아 다른 부서에서 오는 전화를 챙겨 받고 빠릿빠릿하게 움직여야 했다. 하지만 그때의 나는 느림보였다. 빠른 걸음이 점점 느려졌다. 화장실에 가면 한참을 앉아 있다 돌아왔고, 점심시간이면 밥을 어떻게 더 천천히 먹을 수 있을지 내기하듯 미적거렸다.

아나운서국에서는 야외 현장이나 스튜디오, 녹음실에서 방송을 하다 돌아와 사무실 자리에 앉아 있는 때가 쉬는 시간이었건만, 이젠 달랐다. 하루 종일 자리를 지키는 건 고역이었다. 내 자리가 아닌, 낯선 곳에 앉아 바삐 나를 스쳐 지나는 사람들의 눈길을 받는 것도 버거웠다.

하필 자리는 사무실 입구 쪽이어서 드나드는 모든 이가 볼 수 있는 위치였는데, 내 모습이 패자의 초라함 더하기, 비굴함 곱하기, 무력함을 뿜어내지는 않을까, 애써 꼿꼿이 앉아 흥미로운 척 일하는 모습을 연출하는 것이야말로 진이 쪽 빠지는 일이었다. 며칠 후 '결국엔 사표를 써야 하나?' 하는 생각에 잠긴 나를 의식하고 화들짝 놀랐다. 내 인생에서 존재할 수 없다고 생각한 선택지였다.

나에게는 익숙하지 않은 업무가 하나씩 주어지기 시작했는데 그중에는 한 달에 한 번, 오후 2시 민방위 방송을 라디오로 연결해 생중계 처리하는 업무가 있었다. 부장은 밥 먹으러 나가는 나에게 2시 전에 생방송 라디오 스튜디오로 와서 업무 과정을 배우라 말했다. 나는 미소로 답하고 평소처럼 여유롭게 밥을 먹었다. 그러고는 섬세히 시간을 계산해 1시 50분이 넘어가는 걸 확인하고 자리에서 일어났다. 스튜디오로 올라가는 계단에서 전화가 울린다. 부장이었다. 통화 버튼을 누르기 무섭게 큰 목소리가 터져 나왔다.

"지금 대체 어디야?" "스튜디오 앞이요…."라는 대답을 채 마치기 전에 전화가 끊겼다. 그가 기대하는 성실한 사원은, 상사가 도착하기 전 미리 수첩과 펜을 들고 준비된 자세로 딱! 대기하는 모습이었건만, 기꺼움이 없는 직원에겐 3분이면 족할 인수인계에 긴 시간을 할애할 의지가 없었다. 그 어긋남에 그는 화가 난 것이다. 호통 소리에 놀라 가슴이 방망이질 치는데도 여전히 발걸음의 속도를 높이지 않은 채 스튜디오 문을 열며 결론 내렸다. 아무래도 더 버틸 수는 없겠다고.

나중에 심리 상담을 공부하면서 그때 나의 태도가 전형적인 수동 공격이었다는 걸 알게 되었다. 나는 순응적인 사람이라고 스스로를 규정하고, 명령을 거스르는 것에 대한 공포를 지니고 있다고 생각했지만, 나의 무의식은 교묘하고도 집요하게 무기력을 내세워 분노와 거부감을 드러내고 있었던 것이다.

이 사건을 정리하자면, 상사에게 전화로 크게 꾸지람을 듣고 홧김에 사표를 던졌다, 가 될 테지만, 이 일을 통해 여러 가지 사실을 알게 되었다. '나는 10년 넘게 일하면서 한 번도 이렇게 크게 혼이 난 적이 없었구나. 그래서 이런 대화가 처음이구나. 이런 굴욕감이 처음이구나. 통화 중 일방적으로 상대가 전화를 끊으면 이토록 기분이 더러운 거구나. 이 또한 내 인생에서 처음이구나. 많은 것을, 나는 여전히, 처음 경험하는구나.'

이제 와 돌아보면 그의 고충도 헤아려진다. 아니, 그때에도 실은 알고 있었던 것 같다. 내가 참으로 골칫거리 부하 직원이었음을. 부장은 그런 직원에게 언성을 높일 수 있을지도 모른다. 다만 나는 그런 처우를 상상할 수 없는 유쾌한 환경에서 오래 일한 행운아였고, 처음 마주하는 이런 장면을 감수할 의향이 없었을 뿐이다.

부장도 힘들었겠다. 꾸지람 한번 들었다고 사표를 들고 오다니, 어이가 없었겠지. 나도 이 일을 오래 마음에 담아서는 안 됐다. 어차피 그는 내 삶의 주요 등장인물도 아니고, 나의 기분을 좌우할 만큼의 무게를 갖고 있지도 않다. 그럼에도 나는 퇴사 후에도 몇 년 동안 전화기 너머로 소리치던 그 음성이 떠올라 몸서리가 쳐졌다.

그는 그저 딱 맞는 타이밍에 등장했을 뿐이다. 나는 회사의 처우에 마음을 다쳤고, 화가 났다. 나에게 부당한 인사권을 휘두른 이가 사장이었든, 국장이었든, 어쨌든 그는 아닐진대, 어찌 보면 그도 주어지는 업무, 그중 달갑지 않은 업무를 처리해야만 했던 희생자였을진대, 그는 때마침 나에게 필요한 타깃이 되어 준 것이다. 내가 상처받은 만큼 맹렬하게 비난할 대상. 실은 내 분노가 향할 곳이 그가 아니라는 것을 알면서도, 그렇게 몇 년을 가슴에

서슬 퍼런 칼을 지닌 듯 차갑게 화를 냈다. 의미 없이, 그를 향해.

훌훌 털어버리고 싶다. 그도, 나도, 각자의 세계에서 자기 삶을 산 것뿐이라고. 그는 그의 자리에서 최선의 행동을 했고, 나 또한 나의 세계에서 할 일을 했다고. 그뿐이었다. 이제는 그를 용서하고 싶다.(물론 그는 나에게 용서를 구해야 할 만한 행동을 하지 않았지만.)

누군가 회사를 그만둔 저간의 사정에 대해 묻는다면 간결하게 답하고 싶다. 순수한 자의였다고. 부당한 핍박을 견디지 못한 것이 아니라, 부당함을 더 이상 견딜 이유가 없다고 판단하고, 견디지 않기로 결정한 것이라고.

호기롭게 사표를 던지며 내 인생의 1막이 끝났다고 마침표를 찍어두었지만, 그 이후에 대해서는 준비가 없었다. 막연하게 다시 방송 일을 할 수 있을 줄 알았다. 내 처지에 대해 안타까움을 느끼고 나에게 방송 제안을 할 사람이 있을 줄 알았나 보다. 그렇게나 순진하고 어리숙한 면이 있다. 아니, 그러고 보면 나는 낙관적인 사람이다. 나중에 인기인이 되어 다시 MBC로 와서 방송해달라고 하면 콧대 높이면서도 못 이기는 척 돌아와야지, 라는 상상도 했으니까. 근데 라디오국에 있을 때는 왜 그런 낙관이 발동하지 않았을까?

말이 좋아 프리랜서 방송인이지 실은 백수에 가까운 삶이 시작되었다. 네이버 프로필에는 '전 아나운서, 방송인'이라고 소개가 되어 있건만, 방송을 할 수 있는 기회는 많지 않았다.

그즈음 예능성과 정보성을 결합한 새로운 포맷의 프로그램들이 종편에서 인기였는데, 수많은 패널이 빼곡히 앉아 시어머니와의 갈등이며, 남편의 이면 같은 개인적 이야기를 털어놓고 공감과 위로를 받는 프로그램이었다. 그런 프로그램 몇 군데에서 패널로 나올 의사가 있는지 물어왔다. 그 틈에 앉아 입을 열 자신이 없었다. 무엇보다 "집안 얘기 다 털 수 있어요?"라는 단도직입적인 질문에 겁이 났다. "못 털어요." 할밖에.

그러고 나니 정말로 내가 출연할 수 있는 방송은 보이지 않았다. 그러던 중 "다 내려놓을 수 있겠어요?" 류의 질문을 하지 않는 방송 제안이 들어왔는데 EBS 라디오 프로그램이었다. 매주 새로운 책을 찾아 낭독하고, 작가를 초대해 책 이야기를 나누는 구성으로, 하나도 안 웃기는 내가 억지로 웃기려 노력하지 않아도 되고, 쓸데없이 진지한 내가 마음 놓고 진지해도 되는 프로그램이라 좋았다. 나의 모습 그대로 할 수 있는 방송. 반갑게, 고맙게, 라디오 방송을 시작했다.

일을 다시 할 수 있게 되었다는 안도감이 들자 마음이 편안해졌고, 일은 잔잔하게 재미있었다. 그렇지만 사람들을 만나면 이내 풀이 죽었다. 대체 언제 TV에 얼굴을 보여줄 거냐며 안부 인사를 건네는 사람들. 얼굴이 TV에 나와야 일하는 줄, 살아 있는 줄 아는, TV에 얼굴 비치며 사는 직업을 지닌 자의 숙명은 나를 떠나지 않았다. 미미한 존재감을 거부하며 외치고 싶었다. '나, 살아 있고요, 일도 합니다!'

늦게 꽃피는 사람

비교는 사람을 피폐하게 만든다. 알고 있다. 바람직한 비교란 어제의 나와 오늘의 나를 비교하는 것이지, 타인과의 비교는 아무 의미도 쓸모도 없음을.

하지만 어쩌랴. 나는 이미 비교의 세상에서 40년 넘게 살았고, '잘나가는 그와 나를 굳이 비교하지 말자.' 의식으로 억제하기 전에 이미 머릿속에서 번쩍, 비교 작업은 끝나 있다. 어찌나 재빠른지 무릎을 치면 철컥 발이 따라 올라오는 자동반사 같다. 순식간에 비교되고, 우열이 가려진다. 나는 언제나 열 쪽이다. 그래서 오늘도 이 우울감을 어쩌지 못하고 앉아 있다.

어느 강의에서 들은 말이 인상적으로 남아 있다. 우리나라에서 이토록 비교를 많이 하는 이유에 대한 분석이었는데, 설득력이 있었다. 비교란 고만고만한 사람들끼리 한다. 예컨대 내 얼굴을 굳이 전지현, 송혜교와 견주지 않는 것. 어차피 비교가 안 되니까. 비교는 비슷비슷한 조건을 지닌 사람들끼리 하기 마련인데, 한국의 삶이란 너무도 집단적, 획일적이어서 비교할 거리가 넘쳐난다는 것이었다. 그러니 절로 비교가 된다. 같은 나이 친구들끼리, 아이의 같은 반 친구 엄마들끼리, 또 같은 방 아나운서들끼리.

직업 만족도 조사를 한다면, 아나운서는 몇 등쯤 될까? 다들 만족스럽게, 행복하게 지내고 있나? 궁금하다. 나는 내 직업을 사랑하면서도 동시에 미워했다. 캐스팅을 목 빼고 기다리는 삶. 자존감이 여간 탄탄하지 않으면 버텨내기 어려운 일이다. 나의 자존감은 너무도 쉬 급전직하하곤 했다. 방송, 그게 뭐라고.(라고 이제 와 괘념치 않는 듯 말하지만 방송은 절대적이었다. 한 사람의 정체성을 결정지을 만큼. 어떤 방송을 하느냐에 따라 이미지도 달라진다. 뉴스를 오래 하면 절로 신뢰 가는 이미지를 갖게 되는 반면, 예능 프로그램을 너무 오래 하면 이미지가 오락적(?)으로 변해 나중에 뉴스를 맡지 못할 거라는 우려를 하기도 했었다. 지금은 다행히도 분위기가 달라진 듯하지만.)

세상의 어느 직업이 이로부터 자유로울까만은, 특히 방송 캐스팅이야말로 비교에 근간해 이루어졌다. 50명 남짓 함께하는 아나운서국 안에서 각자의 개성, 고유한 매력 등등을 말하지만, 결국 따져보면 우리는 비교를 하고 있었다. 누가 더! 눈길을 끄는지.

아나운서 신입 시절부터 나는 동기 누구처럼, 또 선배 누구처럼 눈에 띄는 매력이 없는 스스로에 대해 불만족했다. 누군가는 무색무취도 매력이냐고 조롱하듯 묻기도 했고, 나 역시도 난 밍밍한 게 매력이라고 자조할 만큼, 있는 그대로의 내 모습으로는 뭔가 부족하게 느꼈다. 주어지는 방송 프로그램에 기뻐하고 감사하면서도 내가 이 자리에 적합한 인물인가에 대해서는 자신이 없었다. 그러고 보면 이런 속깜냥으로 어찌 아나운서를 10년 넘게 했나 모르겠다.

아나운서 시절 나의 위치는 늘 어중간했던 것 같다. 흔히 '간판' 아나운서라 불리는 가장 유명한 몇몇에 들지도 못했지만, 그렇다고 인지도를 쌓을 기회조차 주어지지 않는다며, '굵직한' 방송을 맡지 못해 아쉬워하는 쪽이냐 하면 그것도 아니었다. 몇 번인가는 검색어에 오르내릴만한 방송을 맡기도 했고, 그걸 기반으로 쭉쭉 위로(?) 올라갈 야심을 불태우기도 했어야 하는 건데, 나에게 그럴 배포는 없었던 것 같다. 그저 더 빛나는 이들을 부러워하고 시샘도 하면서 막연히, 나의 최고의 순간도 언젠가 오겠지, 했다.

회사를 그만두면서 자연스럽게 비교의 세상에서 벗어나는 듯 느꼈지만, 잠깐의 착시였다. 세상은 여전히 비교 더하기 비교로 어지러이 돌아가고 있었다. 슬쩍 들여다본 에스엔에스(SNS)에는 다른 이의 반짝이는 삶이 찬란하게 전시되고 있고, 나는 그 빛에 눈이 부셔 차라리 눈을 감는다. 눈 감고도 눈 안에서 비교가 뚝딱 이루어지니, 나의 초라한 모습에 또 한 번 낭패감을 느끼게 되는 것이다.

객관적으로 나의 위치를 바라보고 있는 그대로 인정하기. 노력하고 있다. 현재의 나는 손에 쥔 게 없다. 상담사 자격증을 위한 수련을 하고는 있지만, 이게 3년이 걸릴지 4년, 5년이 걸릴지 앞이 안 보이고, 방송 경력은 안 그래도 희미해져 버렸건만 아이 둘 낳고 정신 차려 보니 공백기 3년이 추가되어, 어디 가서 날 알아보는 이가 있으면 밥이라도 사드리고 싶을 지경이다. 너무 반갑고 고마워서 코끝이 시큰하다. 이따금 자존감이 끝을 모르고 내려가 다시 솟아오를 기미가 없을 땐 의식적으로, 내가 남들과 비교해 우위를 점하는 것들을 적어본다.

1. 남들은 두 번에 걸쳐 배 아파야 하는 출산을 나는 한 번에 해치웠다! 첫째 키우고 돌아서니 둘째가 태어나 모든 일이 도돌이표가 되더라는 육아의 고통에서, 나는 조기 졸업할 것이다.
2. 남들이 승승장구하는 동안, 나는 이토록 쓸쓸한 마음 덕에 타닥타닥 발산할 푸념, 하소연, 넋두리 거리가 무한히 생겼다.(이 모두가 글감이다.)
3. 누구는 유튜브를 운영하며 수익 창출도 한다는데,

나는 여전히 유튜브에 지출 중이다. 자고로 돈은 버는 것보다 쓰는 맛이지! 암!

목록을 호기롭게 적어가다 이 억지스러움에 서글픈 자조의 웃음이 새어 나오고, 이런 깨달음은 나의 자존감을 더 갉아먹는다. 안 되겠다. 전략을 바꾼다.

나는 실은, 고백하자면, 지금 참고 있는 거다, 너무 일찍 피어나지 않기 위해. 왜냐하면 나는 레이트 블루머(late bloomer)니까. '대기만성'이라는 말보다 이 표현이 더 맘에 든다. 대기만성이라고 하면, 오래 걸려도 결국 '크게' 이루어야 하니 부담스럽다면 레이트 블루머는 내 속도대로, 남들보다 늦게, 하지만 나의 꽃 크기 안에서 가장 활짝 피면 되는 거니 맘에 든다. 골골하면서도 오래 살 체질이니, 이왕이면 남들보다 조금 늦게 꽃봉오리를 터뜨려, 뒷맛을 오래 남길 것이다.

이렇게 나의 선택인 양 서술하다 보면 기분이 정말 나아진다. 그리고, 그렇게 믿게 된다. '어이, 레이트 블루머, 지금 피면 이르다니까!'

제주도 해변에서

제주도 해변을 걷고 있었다, 아이와 함께. 드라마에서 아이는 엄마 손을 잡고 아장아장 잘도 걷던데. 그 아이 엄마는 긴 생머리에, 나풀거리는 치마를 입었던데. 막연히 나도 그런 장면을 연출하리라 그려왔는데. 나의 아이는 이 모래밭을 걸을 생각이 없다. 자꾸만 안으라며 두 팔을 뻗어 올린다. 안았다. 아직까지는 괜찮다. 그림을 망치지 않았어, 위로하며.

아이를 안고 걷는 일에는 무거운 짐을 들고 걷는 것과

는 다른 특수 에너지가 든다. 안긴 채로 역동적으로 움직이는 아이는 무한히 믿고 있다. 얼마나 버둥거리든 엄마는 어떻게든 자기를 놓치지 않을 거라고. 그러므로 심히 불친절하다. 조금만 협조해주면 좋겠는데 몸을 이리저리 획획 돌려대며 애를 먹인다. 지칠 대로 지쳐서 결국 주섬주섬 아기띠를 둘러맸다. 이젠 포기다. 역시 드라마는 허구다.

파파라치의 카메라에 담긴 할리우드 스타는 아기를 한 팔로 안고 있다. 허리가 조각나는 한이 있어도, 팔이 부들부들 떨리더라도 아기띠는 맬 수 없을 테지. 아기띠를 매본 사람은 아니까. 아기띠 하나가 얼마나 전체 품새를 망가뜨려 놓는지. 애써 골라 입은 옷은 마구 구겨져 아기띠 안으로 말려 들어가고, 도무지 정돈될 수 없는 아기띠의 네 귀퉁이 끈이 허리 뒤로, 어깨 뒤로 길게 늘어져 걸음에 맞춰 달랑댄다. 무거워진 발은 모래밭으로 더 깊이 빠졌다 나와야 걸음이 걸어지고, 그 틈에 신발은 벌컥벌컥 모래를 삼킨다.

아이들과 모래성을 쌓자고 나섰건만 "안 돼!"만 외치다 끝난 소풍이 되었다. 우리의 바람과 달리 아이들이 모래를 탐구하는 방식은 입에 넣어보는 것이었으므로.(구강기가 지나지 않은 아이와의 모래놀이는 비추합니다.) 이미 우리 계획은 어긋나버렸다고, 어서 숙소로 돌아가자고 남편을 채근했다. 언제 이리 멀리 왔는지 돌아가는 길이 멀게만 느껴지는 때 커다란 표지판이 눈에 들어온다.

'이곳에서의 성행위를 엄중히 금지합니다.
허가받지 않은 성행위를 하다가 적발 시, 법에 의해 처벌받게 됩니다.'

화들짝 놀랐다. 여기가 그런 곳이구나! 괜히 주변을 한 번 더 둘러본다. 누군가는 진한 낭만을 연출하는 장소에서, 나는 아이를 앞섶에 매달고 어기적어기적 걷고 있구나. 왠지 서글퍼져 남편을 부른다. 또 한 명의 아이를 달고 앞서 걷다 뒤돌아보는 남편에게 표지판을 가리키며 다시 보니, '성' 자가 사라지고 '상' 자가 보인다.

'이곳에서의 상행위를 엄중히 금지합니다.
허가받지 않은 상행위를 하다가 적발 시, 법에 의해

처벌받게 됩니다.'

이날 바람이 몹시 셌다. 머릿니 찾으려 뒤적이듯 바람이 내 머리카락을 그렇게 마구 이리저리 휘저었다. 그러므로 머리카락이 바람에 흩날려 눈을 가리고, 그래서, 잘못 보았던 것이지, 나의 무의식적 욕망이 빚어낸 실수라거나 그런 건 절대 아니다. 나는 혼자 야한 공상에 빠져들거나 하는 그런 사람이 절대, 절대 아니다.

새로운 줄넘기

나 없이도 세상은 잘 돌아간다. 아는데도, 문득, 억울할 때가 있다. 인스타그램을 괜히 봤다, 오늘도. 알고 있다. 나 하나쯤 없어도 이 세상엔 아무런 변화가 없을 거라는 사실. 그래도 때로는, 나 없는 세상에 조금은 빈틈이 생기기를, 조금은 허전하기를 바라는 이 마음도, 누군가는 좀 알아주기를 바라는 나.

아이들이 세 돌을 맞았다. 3년 동안 세상을 등지고 살았다. 나의 삶을 어떤 식으로든 구분 짓는다면, 이 기간은 '육아 편'으로 삼겠다, 다짐했었다. 그 다짐은 나의 의지만큼 나를 행복하게 만들어주지는 못했다. 내 다짐이 나를 갉아먹는 듯 느껴지는 때가 많았다. 그런 결단을 그리 섣불리 내리는 게 아니었어, 내가 얼마나 나밖에 모르는 사람인데! 엄마가 되는 순간 정말, 엄마다움이 장착되는 것인 줄 착각했구나, 싶었다.

나의 결심을 후회하면서도 그 결심에 매여 이도 저도 제대로 살지 못했다. 아이들을 바라보고 있을 때에는 머릿속에서 다른 하고 싶은 일들의 목록이 주르륵 업데이트되고 있었고, 아이들을 떼어두고 나와 있을 때에는 아이들이 걱정되어 일에 온전히 집중하지 못했다. 한심하고도 어리석은 3년이었다. 지금 이 순간에 몰두해야지 하면서도 그렇게 할 수가 없었다. 나는 엉거주춤한 존재였다. 온전한 엄마도 되지 못했고, 사회에 속해 사회 구성원으로 하고 싶었던 일들도 원하는 만큼 이루지 못했다. 그러면서도 시간은 어쨌든 가버렸다.

고립된 기분이었다. 따지자면 내가 스스로 고립된 것인데, 세상이 나를 따돌리는 것처럼 느껴졌다. 어차피 세상은 나를 궁금해하지 않았고, 가끔 세상이 궁금해져 들여다볼 때면, 어지러웠다. 태어나 처음 빠른 기차를 탄 듯 어리둥절해하는 나. 창밖으로 스쳐 지나간 저것이 무엇이었는지 좀 알아보고 싶어도 이미 늦었다. 다가오는 것들도 마찬가지. 눈길 좀 주려 하면 이미 나를 지나쳐 멀리 가버렸다. 그런 느낌이었다. 내가 탄 기차는 너무도 빨리 달리고 있어서 나는 그만큼 성큼성큼 늙어가는데, 세상은 이런 나를 끼워주지 않고, 아랑곳하지 않고, 스치고 지나가 버린다. 더 반짝이는 곳으로.

내 속도는 세상의 속도에 비해 너무나 느려져 버렸다. 이제는 다시 세상에 나가보고 싶은데, 도통 방법을 모르겠다. 세상의 줄넘기 속에, 다들 발맞추어 점프를 하고 있는 저 틈으로, 나도 박자를 타고 슬쩍 끼어들어 가고 싶은데, 줄에 걸리지 않고 그 템포에 끼어들 자신이 없다. 다가가야 하는데, 그래야 풀쩍 어느 틈엔가 끼어들 순간을 포착할 수 있을 거라고, 생각은 하는데 몸은 자꾸만 슬금슬금 뒷걸음질 치고 있다.

아무래도 새 줄넘기를 시작해야겠다. 저 무리 속에는

들어갈 재간이 없는 듯하고, 외롭지만 쓸쓸하지만, 새 줄을 장만하고, 나 혼자라도 줄넘기를 해봐야 하는 거다. 그러다 누군가 폴짝하고 내 줄넘기에 들어온다면 반겨줘야지. '아이 낳은 경력 단절녀'라는 꼬리표가 무서운, 나와 같은 사람들이 내 줄넘기에 찾아와준다면 좋겠다. 우리끼리, 우리만의 속도로 한번 뛰어보자, 싶다. 줄넘기할 줄은 사실 많을 테니, 남들이 뛰는 저 줄이 아니어도 된다고, 우리끼리 줄넘기하자고, 나도 한번 사람을 모아보고 싶다. 저랑 같이 새 줄넘기하실 분, 손들어주세요!

그러니까 내 유튜브

아주 오랜만의 모임이었다. 회사 여자 아나운서들이 가지는 송년회 자리. 몇 년 사이 유례없이 많은 이가 회사를 떠났고 그래서 남은 이들만 모이기엔 허전하다며 그렇게 초대된 자리.

회사를 나온 아나운서들과, 회사 안을 지키는 아나운서들이 모였다. 많이 반갑고, 조금은 어색할 그 자리. 가기 전엔 망설여지기도 했는데 막상 얼굴을 보니 가족을 만난 듯, 모두가 반가웠다. 육아에 매여 두문불출하고 있다는 이야기는 들었다며 반겨주었고, 따뜻한 환영에 어색함을 털어내며 친밀하게 섞여들고 있었다.

"선배. 이렇게 영영 잊힐 거야? 그럴 거야? 아깝지도 않아?" 나의 후배 손. 너무 오랜만이라 그간 어떻게 지냈는지 쌓인 이야기가 산더미인데, 다짜고짜 따지듯 말하는 그녀. 출산과 육아로 오래도록 발이 묶여 있는 내가 답답하다 했다. 방송을 다시 해야 한다고, 그러려면 무엇이든 보여야 한다고. 갑작스러운 말에 놀랄 틈도 없이 그녀는 마구 쏟아내었다. "유튜브 채널을 열어. 그리고 쌍둥이를 올리든, 선배의 일상을 올리든, 뭐든 올려."

내 사정도 모르면서, 내가 그럴 정신이 어딨냐고 하려다 말고, 나는 울컥 감동하고 말았다. 오랜만에 만나도, 안부 인사 없이도, 서로의 마음을 확신하는 사이. 그 사이에서만 할 수 있는, 나를 향한 애정의 말임을 알겠기에. 이 시간을 그냥 흘려보내기엔 아깝다고 말해주는 그녀가 고마웠다. 일을 놓고 세상으로부터 멀어진 시간 동안 미디어 플랫폼도 많은 변화를 겪고 있었고, 내 목소리를 담아낼 내 채널을 가지는 게 손쉬워진 시대가 되어 있었다. 그렇게 그녀의 부추김에 말려들었다.

그러고 보니 하고 싶은 이야기가 내 안에 많이 쌓여 있었다. 육아란 이런 것이라는 걸 왜 제대로 알려주지 않고 그럴듯한 포장을 해왔냐고, 누구를 향한 것인지 모를 외침부터, 이 사회가 암암리에 조장하고 있는 엄마의 죄책감에 대해 우리가 연대하고 부수어 나가자는 책동의 말도, 그럼에도 우리, 육아에만 함몰되지 말자고, 누구보다 나에게 하고 싶은 다짐까지. 마이크를 앞에 두고 누구에게라도 이야기하고 싶었다.

그때 나의 휴대전화기엔 유튜브 앱이 깔려 있지도 않았다. 검색창에 '유튜브'를 쳐보았고, 100만 구독자를 거느린 유튜브 크리에이터가 썼다는 베스트셀러를 한 권 사 보았고, 뭔가 설레기 시작했고, 무작정 시작했다. '최현정의 맘맘티비'.

무엇보다 나에게 만족감을 준 건 내가 나를 캐스팅한다는 점이었다. 선택을 받아야만 일할 수 있다는 명백해 보였던 한계에서 벗어나, 내가 관리 안 된(?) 나를 기꺼이 캐스팅해서, 마이크를 쥐여줄 수 있다는 것. 어떤 주제로 어떤 구성으로 영상을 만들지 내가 정한다. 내가 피디니까. 방송 원고? 내가 쓴다. 내가 작가니까. 그 원고를 바탕으로 방송 진행을 내가 한다. 진행자도 나니까.

이렇게 혼자서 북도 치고 장구도 치고, 추임새 넣고 '다아아아아' 혼자 하니까 신이 났다. 공영방송사에 소속되어서 그 구성원으로서 언제나 스스로를 검열하는 것이 몸에 배어 있었는데, 이제는 버려도 된다.

무심코 나온 브랜드 이름이 간접 광고가 되는 건 아닐까 하는 염려 없이 편하게 말하고, 내가 쓰는 단어가 표준어가 맞는지 확인 안 해도 되고, 그리고 무엇보다, 내 분량이 과하지는 않을지 점검하지 않아도 된다. (아나운서의 역할은 주로 진행자다. 그 말은 프로그램에서 결코 주연이 되지 말아야 한다는 이야기도 된다. 주인공이 될 그날의 출연자에게 예쁘고 뽀송한 주단을 깔아주고 마이크를 잘 넘겨주는 게 진행자의 마땅한 역할이었다.)

그 강박으로부터 해방되는 기분은 그야말로 '쇼생크' 감옥을 나온 자유로움을 주었다. 물론 처음에는 영화 속 레드(가석방 이후에도 화장실조차 손들고 허락받아야 갈 수 있었던)처럼 주저주저했다. 내가 혼자 이렇게 계속 말해도 되나? 이런 주절거림을 누가 볼까? 하는 걱정. 그러다 생각했다. '아, 맞다. 이건 시청률을 고려하지 않아도 되는, 내 마음대로 해도 되는 내 것이지!'

아침에 눈을 떠 두세 명의 구독자가 더 생긴 것에 미소를 짓는다. 내가 한 이야기가 위안이 되었다는 누군가의 글에 감격하며 감사의 댓글을 남긴다. 그러면서 다음 콘텐츠는 어떤 주제로 잡을까 하는 고민을 홀로 한다, 신나게. 그리고 느낀다. 남들에게 받는 평가보다 자기만족이 중요하구나, 라는 걸. 이런 느낌을 가져본 적이 거의 없었다는 것을 확인하며.

물론 객관적으로 내 콘텐츠는 유명 유튜브 크리에이터 채널에 비할 바가 못 된다. 흥미로움이라는 평가 기준으로 본다면 내 이야기는 영, 아닌 것이 많다. 오랜 시간 내 발목을 잡았던 애착 이론에 대한 클립부터, 남편을 향한 날선 감정에 대한 이야기, 사사롭고도 지극히 주관적일 이야기를 담아낸다. 내가 하고 싶은 이야기가, 남들이 재미있어 할 이야기보다 우선해서 고려된다. 그런 자유가 짜릿하다.

엄마가 되면서 처음 가진 다양한 감정 덩어리들에 이리저리 빛을 비추어 바라보고 싶었다. 그 세계가 얼마나 낯선 세계였는지, 너무도 생경해 당황했던 순간을 기록하고 싶었다. 시시콜콜한 육아 이야기가 어디에 가닿을 수 있을지 알 수 없더라도, 엄마가 되었지만 엄마인 자신이 여전히 낯선, 엄마이기 이전의 삶이 훨씬 익숙한 누군가에게 손을 내밀어보고 싶었다. '우리, 비슷하게 살고 있죠?'라고.

그것이 나에게, 의미가 되어주었다. 내가 홀로인 게 아니라 나와 같은 마음에 괴로워하고, 웃음 짓고, 또 한숨 쉬고 나서도 같은 하루를 반복하는, 여러 엄마들이 있음을 확인하고 싶었다. 그런 동질감이 나에게 위안이 되었다.

진 선배의 임신 소식을 듣고 꺅, 을 외치다 문득, 바로 얼마 전이지만 까마득하게 먼 과거처럼 여겼던 오랜 '임신 준비 기간'을 떠올렸다. 그렇게 입을 연, '난임인'으로 산 세월에 대한 이야기가 '시험관 시리즈'로 은근히 조회수를 높였고, 처음으로 10만 뷰를 찍었다. 자신이 만든 프로그램 시청률이 잘 나올 때 피디의 기분이 이런 거겠구나, 라는 걸 느껴봤다. 아이들 교육 문제에 대한 고민 편도 많은 이들이 공감하고 논쟁하며 관심을 가져주었다.

일상의 이런저런 생각이 나의 유튜브 채널에 기록되고 있다. 방송이란, 전파를 타고 나가면 허공에 흩어져 사라져버리는 거라고, 그래서 때로는 허무하다고 말하던 때가 있었는데, 이젠 고맙고도 또 무섭게 딱 여기, 남는다.

그렇게 나는 내 채널을 들여다보며, 뜨끈해졌다, 미지근해졌다 하면서 느리지만, 미진하지만, 차곡차곡 내 이야기를 쌓아가고 있다. 육아 이야기에서 시작해 이제는 상담 관련한 콘텐츠도 축적해가고 있다. 내 것이라는 애착이 생긴 내 채널이니만큼 힘들고 귀찮고, 때로 심드렁해질 때도 있지만, 버리지 않고 챙겨가려 한다.

인스타그램

고백한다. 나는 시샘의 왕이며, 욕심꾸러기다. 다른 사람 잘되는 꼴을 못 본다. 그래서 요즘 인스타그램을 끊었다.(그렇게 말하고 어느 결에 다시 들어가지만.) 남들이 다 부럽다. 나만 빼고 다 잘나가는 것 같다. 나는 지금 자격지심으로 똘똘 뭉쳐 콤플렉스 조각들을 흩뿌리며 걸어 다니고 있다.

인스타에 올라온 깔끔한 저 거실은, 진짜일까? 저기,

사람이 살고 있을까? 모델하우스 같은 저 집. 저 집에 들어가 하루 살고 싶다. (마구 어질러놓고 나와야지.)

누군가의 조언. "1일 1인스타를 해. 그래야 '그래, 이런 사람이 있었지' 정도라도 존재감을 지킬 수 있어." 나를 일부러 드러내지 않으면 존재가 사라지는 시대. 가만히 있으면 뒤로 성큼성큼 물러나게 되는 세상.

하루에 인스타그램 게시물 하나. 가당치도 않다는 걸 확인하는 나날이다. 아이들과 나의 하루는, 사진으로 남겨두고 싶지 않은 장면의 연속이다. 조금 '부지런'을 떨어야지, 그게 그냥 되겠어. 작심하고 사진을 찍겠다며 아이를 바라본 순간, 한숨이 나온다.

아이 얼굴은 크레파스인지 음식 부스러기 인지로 얼룩져 땟국물이 가득하고, 땀에 젖은 머리카락이 뺨에 달라붙어 거친 풍파를 헤매고 나온 몰골이다. 옷 앞섶에는 노란 망고 얼룩이 지워지지 않은 채 남아 있다. 얼굴을 씻기고, 머리를 묶어주고, 옷을 갈아입히고 나니, 사진을 찍을 에너지는 이미 사라지고 없다. 오늘도 나의 하루는 인스타그램에 올릴 사진 하나 없이 저문다.

그래, 하자. 뭐라도 올리자. 나도 세상을 향해 '나 여기 있소!' 하고, 손이라도 흔들자. 다짐하며 사진첩을 열다 흠칫 놀란다. 온통 똥 사진이다. 맞다. 요즘 나의 화두는 아이의 똥이다. 아이가 며칠째 묽고 냄새나는 변을 본다. 하루하루 변의 추이를 보기 위해, 또 그것을 의사 선생님께 보여드리기 위해 내 사진첩에는 똥 기저귀 사진이 쌓이고 있었다. 울적해지려다 말고 싱긋 웃고 말았다. '어제보다 똥이 좋아졌군.' 눈앞에 똥 기저귀만이 펼쳐진 이런 삶이 어이없도록 우습지만, 그래도 어쩌겠나? 지금 내 삶은 이거다.

힘듦 경쟁

모처럼 회사 선배들과의 점심 자리. 회사를 나오면서 어쩔 수 없이 옛 동료들을 만나는 횟수가 줄었고, 아이를 낳은 뒤에는 더욱 만나지 못했다. 회사가 있는 상암동은 물리적 거리도 있었지만 자주 못 보니 심리적 거리도 점점 멀어지는 듯했다.

아쉬움이 쌓여가던 때에 만난 선배들은, 내가 기억하던 그 모습 그대로여서 더 반갑고 좋았다. 이런저런 근황을 나누는 중에 수줍게 이야기를 꺼냈다. 유튜브 채널을 시작했다고.

2년을 육아에만 매여 있다 드디어 사회적 활동을 시작했다는 점에서 나에겐 큰 뉴스였고 축하와 응원을 받고 싶었다. 장황하게 채널 제목을 어떻게 지었는지부터('엄마의 마음을 어루만져 드립니다'라는 기치를 내걸고, 'mom의 마음'이라는 뜻에서 '맘맘티비'라 이름 지었다.), 엄마가 되어 겪는 마음의 갈등을 공유하겠다는 기획 의도까지, 신이 나서 목소리를 높였다. 그때 추 선배가 고개를 갸웃한다.

"공감대가 잘, 형성될까?"

뾰족한 그의 말이 심장을 찔렀다. 나의 하소연은 '정말' 힘든 사람에게는 가닿기 어려운, 그저 배부른 자의 푸념으로 들릴 거라는 얘기였다. 맞다. 아이를 낳아 기르며 낯선 감정의 폭풍 속을 헤매고 있지만, 내가 가진 여건을 객관적으로 따지자면 풍족한 편이다. 많은 엄마들이 아이 두셋을 홀로 감당하는 '독박 육아'를 하고 있다면, 나는 주변의 도움을 많이 받고 있었다. 친정 언니며 시댁이며, 손 내밀면 달려와 줄 사람들이 옆을 지키는 나는, 복에 겨운 처지인지 모른다. 엄마라면 응당 감당해내야 하는 어떤 표준치가 있다면, 어쩌면 나는 그에 한참 미치지 못할지도 모른다.

의욕에 가득 차 떠들던 나는 말문이 턱 막혀 눈물을 왈칵 쏟았다. 허를 찔린 낭패감이었나? 가식이어도 좋으니 잘했다, 잘했다, 지지만 받고 싶었나? 갑자기 울어버린 나도, 큰 뜻 없이 말을 던진 추 선배도 당황했다. 돌이켜 보면 그건 투정이었다, 가까운 사람에게나 할 수 있는. 섭섭한 마음, 삐친 마음을 그 자리에서 드러낼 수 있었다는 건 그만큼 선배가 편하다는 의미겠지. 딱딱한 사회적 관계였다면 바로 속마음을 표현할 수 없었을 테지. 그렇다고 해도 자리에 어울리지 않는, 타이밍도 애매한 눈물이었다. 실수한 것 같아 속상했다. 어색함을 떨치고 서둘러 웃음으로 가리긴 했지만, 배 속 깊이 뜨겁고 쓰린 기운은 며칠 동안 가시지 않았다.

처음엔 날카로운 비판에 찔려 상처가 난 줄 알았다. 내가 애써 만든 작품에 생각지 못한 커다란 구멍이 있다는 걸 발견해 주었고, 그 논리적 지적에 당황한 거라고. 곰곰이 생각해 보니 그게 아니었다. 내가 눈물이 와락 터진 이유는 그냥 서운해서였다. 선배가 내게 그럴 줄 몰랐다. 내가 힘들어하는 게 누군가의 눈에는 '에이, 고까짓 걸 가지고!'라고 보일 수 있다. 그럴 수 있다. 그런데 내가 좋아하는, 또 날 좋아해주는 추 선배가 그렇게 잣대를 들이대면, 그러면 안 되는 거다.

힘들다고 말하는 사람에게 그의 힘듦을 저울질하지 말자. 바로 그 저울질 때문에 힘든 거니까. 아끼는 사람이라면 더욱, 그가 느끼는 주관적 수치를 그대로 수용해주면 좋겠다. 나는 독박 육아하는 사람보다 덜 힘든 거라고 누가 눈금을 갖다 댈 수 있나? 그 눈금자는 누가 만든 자인가? 내가 힘들다는 건 철저히 내 세계 안에서 측정되어야 한다. 내가 죽을 만큼 힘들다면, "그렇구나, 너 힘들구나." 해줘야지, "너 그거 아무것도 아니다. 나 아는 사람은 셋을 혼자 키웠는데 끄떡없더라." 하면 안 되는 거다. 가까운 사람일수록 더욱.

나는 그래서 서운했던 거다. 그냥 받아주지 않아서. 내가 정신이 나약하고 내 욕망에 가득 차 남들은 너끈히 하는 육아를 유난히 더 힘들어하는 거라고 해도, 내가 좋아하는 선배는 나에게 정교하게 만든 저울을 들고 와 이 고통이 몇 그램인지, 독박 육아보다 몇 그램이 더 가벼운지,

재주지 않기를 바란다.

그리고 생각한다. 힘듦 가지고 경쟁하지 말았으면 좋겠다고. 연년생 육아가 더 힘드니, 쌍둥이 육아가 더 힘드니 하는 말은 웃긴다. 애 키우는 건 누구나 힘들다. "너도 힘들지? 나도 힘들다. 우리 부둥켜안고 한바탕 울까? 그러고 나서 힘낼까?" 이러면 좋겠다. 내가 힘들 때 그게 가장 큰 위로가 되었다.

다음에 만난 추 선배는 유튜브 채널 운영은 잘 되어가느냐 물었다. 나는 자랑스럽게 대단한 성장세를 말해주고 싶지만, "뭐, 아직은요."라고 답할 수밖에 없었다. 여전히 내 유튜브는 내가 제일 많이 보니까.

어쩌면 그의 말이 맞을지 모른다. 세상은 비교를 좋아하니까. 그들이 들이대는 30센티미터 자로는 나의 힘듦은 고작 0.5센티미터일 테니까. 그래도 나는 우기고 싶다. 힘듦은 비교하면 안 되는 거라고. 그 딱딱한 자를 당장 던져버리는 게 좋을 거라고.

Part 2.

생소해서 두렵지만, 간지럽게 좋았던

계획

나는 그리 계획적인 사람이 아니다. 삶의 대부분이 뜻대로 흘러가지 않는다는 걸 자주 체험하던 어느 땐가, 계획 따위 놓아버렸다. 결혼도 그랬다. 나의 마음은 '꼭 해야만 해?'였건만 정신 차리고 보니 기혼자가 되어 있었다. 결혼 이후의 삶에 대해서도 꼼꼼히 계획을 세워본 적이 없었다. 그때그때 상황과 처지에 따라 흘러가는 삶이 나에겐 편안했다.

그러다 자녀 계획에 대해서 자주 질문을 받는 시기가

왔는데, 결혼하고 4년쯤 지나던 때였다. 엄마가 전화 통화 끝마다 "네 나이가 몇이다."라는 말을 읊었고, 주변에서도 아기는 언제 가지냐는 질문을 하곤 했다.

그래서 우리도 계획을 세우기로 했다. 자녀 계획. 내 인생에서 계획대로 이루어진 게 별로 없다고 해도, 아기를 가지는 것이 이렇게 계획대로 되지 않는 일인 줄 몰랐다. 계획을 세웠지만 좀처럼 계획대로 되지 않았다. 우리는 좀 더 확실하게 계획을 실천할 때라고 결단을 내렸다.

병원을 찾았다. 병원에서는 통상 이 정도 자연스러운 계획(?)을 해도 아이가 생기지 않으면 난임으로 분류한다고 했다. 뚜렷한 난임의 원인을 찾지 못했지만 나이가 있으니 바로 시험관(체외 수정) 시술을 하는 게 좋겠다는 권유를 받았다. 나는 순응적인 사람이다. 알겠습니다, 했다. 그렇게 나의 난임기가 시작되었다.

아기가 만들어지기 위해서는 난자 하나와 정자 하나만 있으면 되지만, 정자와 난자가 만나 수정란으로 합쳐지고, 수정란이 착상해 임신으로 이어지는 과정에서 변수는 여러 번 등장한다. 좋은 정자와 좋은 난자가 만나야 하고, 그 둘이 잘 합쳐져 건강한 수정란이 되어야 하고, 수정란이 무사히 자궁 내벽에 안착할 확률까지. 이 모든 것을 고려하면 일단 시험관 시술의 관건은 질 좋은 수정란을 많이 확보하는 것이다.

생리 이후 날짜를 맞춰 과배란을 유도하는 호르몬제를 투여한다. 이 호르몬제는 배 피하지방에 주사하는데, 여기서부터 두려움이 시작된다. 팔이나 엉덩이에 주사를 맞아본 적은 있지만 배 주사라니. 생경한 부위라 한번 움츠러들고, 매일 맞아야 한다는 것에 또 한 번, 그리고 매일 하려면 병원에 가기보다 집에서 스스로 해야 한다는 것에 또 한 번 마음을 가다듬게 된다. 그런 만큼 이때부터 뭔가 대단한 작업이 시작되는 느낌이 든다. 뱃살을 두툼하게 한 움큼 부여잡고 가는 주삿바늘을 피부에 직각으로 찌른다, 푸욱. 눈 한번 질끈 감으면 될 일이지만 차마 내가 나를 찌르지는 못하겠고 남편에게 임무를 부여한다.

남편은 매섭게 치켜 올라간 눈썹과 달리 마음이 여린 사람인데, 심지어 모기도 못 잡는다. 그런 자신이 부끄러워 모기를 보면 자기가 잡겠다고 일어나서는 헛손질로 엉뚱한 곳에 손뼉을 치고 분명 잡았다고 우기는 사람. 그런 사람에게 주사기를 쥐여주고 배를 내민다. 한 손으로 배를 꼬집어 주사 놓을 위치를 알려준 다음 알코올 솜으로 문지르고 나는 눈을 감는다. 그리고 그는 찌른다. 지금 생각해 보니 남편도 찌를 때 눈을 질끈 감았는지도 모르겠다. 모기 잡을 때만큼의 조준도 필요 없으니.

그렇게 일주일가량 호르몬제로 난포를 키운 다음 병원에 가서 초음파로 확인한다. 난포가 얼마나 많아졌는지, 그러니까 호르몬제의 영향을 잘 받고 있는지 보는 것이다. "난포가 몇 개 보여요."라는 말에 또 희비를 가늠하게 되는데, 시험관 첫 차수에, 열 개 정도 나올 것 같다고 했다. 우아, 나는 벌써 아이를 열 명 갖게 된다는 말인 양 놀라고 말았다. 실은 그 열 개 중 무사히 모든 과정을 통과해 내 자궁 속에 자리 잡을 녀석은 한두 개뿐일 텐데.

난자를 채취한다. 정자도 채취한다. 여기서 무의미하지만 괜스레 불공평을 논하게 되는데, 정자는 자연스럽게 몸 밖으로 나오지만, 난자는 절로 나올 리 없기에 끄집어내야 한다. 간단한 시술이기는 하지만 통증이 있으니 보통 마취 후 시술한다. 마취제의 힘으로 채취를 끝내고, 남편에게 말했다. 영화 한 편 보면서 채취할 수 있는 남편이 부럽다고. 곤란할 때면 나오는 남편의 반응, 못 들은 척.

그러고 나면 얼마간 일은 내 손을 떠난다. 난자와 정자가 수정될 수 있도록 한 공간에 담아 두거나, 미세 수정이라고 해서, 인위적으로 난자 안에 정자를 밀어 넣어주는 과정을 밟기도 하는데 이건 어쨌든 의료인들의 손으로 넘어간 일. 그때부터 우리는 그저 기도한다. '건강한 수정란이 많이 나오게 해 주세요.'

이제 시험관 시술의 2단계, 착상 그리고 임신 유지. 열 개 남짓한 난자 중 수정란으로까지 살아남은 건 8개였다. 미세 수정 과정에서도 손실되는 난자가 발생하는데, 아무리 젓가락질 잘하는 사람도 콩자반 집다 흘리기도 하듯, 미세한 바늘로 정자를 잡아 난자에 넣어주는 과정에서 난자가 터져버리는 경우가 생긴다. 고령의 몸에서 나온 난자일수록 난자 벽의 탄력이 떨어져서 터질 염려가 더 크고. 그래서 그렇게 임신에 있어 나이 운운하는 거였나 보다.

날을 잡는다. 수정된 배아를 이식하는 날짜. 그날이 또

되게 두근거린다. 이식은 채취보다 간단해서 마취 없이 이루어진다. 기다란 막대 끝에 배아를 찍어서(?) 자궁안에 넣어준다. 흥미로운 건 이 작은 배아가 육안으로 보이지 않기 때문에 이 과정이 더듬더듬 감으로 이루어진다는 것. 어떻게 하냐면, 현미경으로 바라보며 막대 끝에 배아를 붙인다. 이 막대를 자궁안으로 넣었다 빼고, 막대 끝을 다시 현미경으로 봐서 배아가 안 보이면 자궁으로 잘 들어간 거다.

그러고 나면 이젠 정말 모든 일이 절대자의 손으로 넘어간다. 착상. 들어간 배아가 자궁벽에 좋은 위치를 찾아 딱 붙어 있어야 하는데, 이건 순전히 하느님의 영역이다. 착상 후 열흘 뒤 임신 성공 여부를 확인하는 피검사 날까지, 나는 그저 행복한 꿈에 잠겨 있으면 된다. 배 속에서 지금 배아가 무럭무럭 자라고 있는 상상. 그렇게 다짐을 하지만 침착하고 담대하게 날짜를 세고 있기란 쉽지 않다.

막연히 시험관 시술을 하면 곧바로 임신을 하게 되는 건 줄 알았다. 나의 문제는 비계획적인 것뿐 아니라 문제를 너무 쉽게 본다는 것인지도 모른다. 우리나라의 훌륭한 기술력으로 시험관 시술의 성공률은 점점 더 높아지고 있다는데, 나에게는 그 높은 성공률이 쉽게 먹히지 않았다.

피검사는 부푼 설렘을 순식간에 허탈함으로 바꿔놓았다. 며칠 뒤 생리가 시작되었고, 변기에 번진 붉은 피가 서러워 눈물이 조금 났다. 상황에 따라 다르지만 시험관 시술의 평균 성공률은 33퍼센트쯤. 세 번에 한 번꼴로 성공한다고 한다면, 첫 시도에 바로 성공하기를 바란 것은 욕심이 컸던 거라고 나를 다독였다. 서둘러 다음 날짜를 잡았다.

다음 시도는 처음보다 훨씬 수월했다. 냉동 배아가 남아 있었기 때문에 과배란 유도제 투여나 채취 과정을 생략하고 이식 날짜만 잡으면 되었다. 그러고 나면 또 기도의 시간. 이식 후엔 그저 기분 좋게 지내면 된다고 했지만 이식 후에도 난관이 하나 있는데, 실은 시험관 시술의 과정 중 이 부분이 가장 고역이었다. 매일 맞아야 하는 엉덩이 주사.

자연 임신이 아니기에 배아가 몸속에 들어와 자리를 잡아도 몸은 아직 인식하지 못한다. 내 몸이 임신 상황을 파악하고 적응할 때까지 임신 유지 주사, 혹은 유산 방지 주사라 불리는 호르몬제로 임신 호르몬을 인위적으로 공급해주어야 한다. 사람에 따라 질정제로 대체하기도 하는데, 나의 경우는 출혈이 좀 있는 상황이어서 질정제가 흡수되지 않고 흘러내릴 수 있다 했다. 그러니 좀 더 확실한 주사로 가자고.

물론 그래야죠, 하면서도 이 주사를 한번 맞고 나면 매일 맞을 일이 아득하게 두려워진다. 주사액이 끈적해서 엉덩이 안에서 딱딱한 공처럼 뭉친다. 이걸 풀어주어야 하는데 그러려면 엉덩이를 힘주어 마사지해줘야 한다. 문제는 내 손으로 하기엔 각도가 안 맞아서 타인의 힘을 빌려야 한다는 것. 엉덩이 속이 단단해지는 것이 느껴지는 시시때때로, 남편에게 주사 맞은 곳을 주물러달라고 들이밀다 보면, 이게 뭐 하는 짓인가 싶어지고 은근히 눈치가 보였다.

이식한 다음 날부터 임신을 확인하는 날까지 매일 임신 유지 호르몬제를 투여하고, 임신을 확인하면 10주에서 12주까지 계속, 임신이 아니라면 그날로 주사는 중단이다. 임신 실패를 확인하면서 허탈해질 때 가장 아까운 것도 이 엉덩이 주사였다. '아기도 없는데 쓸모없는 엉덩이 주사를 열흘이나 공으로 맞았다니!'라는 생각이 드는 것이다. 그만큼 엉덩이 주사는 힘들다. 한편으로는 임신이 아님을 확인할 때 고통스러운 주사를 더 이상 맞지 않아도 된다는 것이 잠시나마 기분을 가볍게 해주기도 한다는 사실.

두 번째 이식 때에는 느낌이 좋았다. 왠지 모르게, 될 것 같았다. 어떤 촉이랄까 그런 게 잘 맞는 사람이 있던데, 나는 실은 모든 면에 있어 무디고 무딘 편이어서 나의 예감이 맞는 경우는 별로 없다. 그래도 예감을 믿어본다. 특히나 좋은 예감이라면 일단 믿고 있는 게 마음 편하니까.

배아 이식 후 기다리는 열흘은 그동안 내가 열 손가락을 꼽아가며 세었던, 여행 가는 날, 시험 결과 발표 날 등등을 모두 합쳐 그 어떤 날보다 길고도 길었다. 열흘째 되는, 피검사를 하러 가는 그날. 새벽에 눈이 번쩍 떠졌다. 아니 그저 자는 척 눈만 감고 날밤을 새운 기분이다. 어제 퇴근길에 사서 비닐봉지째 서랍에 넣어둔 임신 테스트기를 꺼낸다. 당장 테스트해보고 싶어 서둘러 서랍에 넣고 꽉 닫아버린 그 임테기.

이제 몇 시간 뒤면 피검사로 임신 여부를 확인하게 될 테지만 나는 열흘 동안 충분히 인내심을 바닥내었다. 가장 정확도가 높다는 아침 첫 소변으로 해보는 거다! 쿵쾅쿵쾅 뛰는 가슴을 부여잡고, 심호흡을 한다. 시약선이 떠올랐다. 그리고 그 옆의 임신선 차례. 희미하게 붉은 그림자가 아른거리는 것 같기도 한데, 다시 보면 그저 흰 배경에 담긴 나의 분홍빛 소망인 듯도 하다.

몇 번이고 눈을 감았다 떴다 하면서 들여다봐도, 선이 있는 건지 나의 착각인지 확신이 서지 않는다. 화장실의 노란 불빛 때문인가 싶어 거실로 나가 커튼을 젖혀 들여다본다. 뿌옇게 동이 터오는 중이라 역시 빛이 시원찮다. 결국 휴대폰 플래시를 환하게 들이대며 숨을 크게 들이마시고 들여다본다. 볼수록 보인다. 분홍 선이 있다. 분명히 있다! 가슴이 서서히 벅차오르고 나도 모르게 두 손을 모아 잡는다. 됐구나! 내 예감은 이렇게 간혹이지만 적중할 때가 있기에 내쳐버리지 못한다.

간호사의 여러 업무 중에 이 업무는 어느 정도의 스트

레스를 지니는 것일까? 때론 축하의 말을, 때론 안타까운 소식을 전하는 기분은 어떨까? 피를 뽑고 난 오후에 병원 전화번호가 새겨진 벨이 울린다. 그리고 간호사의 사무적인 목소리. 임신 호르몬 수치가 264로 안정적으로 올라가 있다고 했다. "축하합니다. 일주일 뒤에 아기집 보러 내원하실 건데요, 몇 시로 예약 잡아드릴까요?" 성공이 맞나 헷갈릴 만큼 건조한 통화였다. 임신이 되지 않았다는 이야기도 이런 목소리로 똑같이 전할 것 같은 느낌. (나중에 생각이 닿았다. 어쩌면 축하 후에도 잘못되는 경우가 많다는 것을 익히 경험하고 축하도 적정선을 넘지 않는 지혜를 터득한 것이라고.) 그래도 어쨌거나 성공이라 했으니, 나는 기뻐하면 그만이다.

기쁨을 누릴 때는 최대치로 만끽해야 한다. 일말의 불안감을 안고 있다고 해서 못 누릴 이유는 없다. 좋아하는 선배들을 한 명 한 명 찾아가 얼굴을 가까이 대고 수줍은 듯 임신 5주 차라고 이야기하고 넘치는 축하를 받았다. 나를 위해 진심으로 눈빛 반짝여 기뻐해주는 사람들이 있어 행복했다. 이 흥분 속 축하는 3주로 끝났다. 지나고 보니 세상에 5주 차 임신이라고 자랑하는 사람은 없더

라. 드라마에서도 "임신 8주째입니다." 정도가 가장 이른 거였다. 6주 차에 아기집을 보았다 했는데, 7주 차에는 심장 소리가 안 들렸다. 8주 차 진료실에서는 의사의 난감한 표정을 이해하기 위해 애써야 했다.

우리 아이의 태명은 '전복'이었다. 임신을 확인받고 며칠 뒤 남편이 조심스럽게 이야기를 꺼냈다. 실은, 꿈에서 전복을 봤다고. 남편과 시댁 가족들은 모두 전복을 좋아한다. 나는 남편을 만나기 전에는 전복이란 음식을 본 적도, 먹어본 적도 없는 촌사람이었다. 하지만 시댁에서는 전복이 단연코 최고의 보양식 자리를 지키는 음식이었는데, 손질의 수고로움도 전복의 몸값을 높였다. 칫솔로 전복 구석구석을 박박 문질러 뽀얀 살이 드러나도록 닦아낸 다음, 수저로 내장을 터뜨리지 않도록 살살, 그러면서도 요령 있게 힘껏 껍데기로부터 분리해내고, 양쪽 끝 중 약간 벌어져 있는 한쪽 끝에 칼집을 낸 다음, 살을 눌러 안에 있는 이빨(?)을 빼내는 과정.

이 손질 과정을 경이롭게 지켜보며 나는, 전복이란, 관절염으로 고생하시는 시어머니의 노고가 담긴 남편 가족의 특별 음식이라는 것을 배웠다. 그런 전복이, 남편 꿈 속에 나왔다. 10 미에 5만 원 하는 전복이 아니라 1미로 뚝딱 한 상 차려낼 수 있을 만한, 크고 실한 전복을 잡았다고 했다. 전복을 알기 전의 나였다면 떨떠름한 표정으로, "그게 태몽이야?" 할 터였지만, 정 씨 가족의 전복 사랑을 이제는 알기에 기꺼이 받아들였다. 우리 아기는 전복이구나.

8주 차에 사망 선고를 듣기까지 무수히 "전복아, 굿모닝?"부터 "전복아, 엄마랑 이제 자자."까지 자주 이름을 불러주었다. 그랬다고 슬픔이 가벼워지지는 않았다. 그래도 배 속에 품고 있던 3주 동안은 충분히 사랑해 주었노라고, 자위해볼 뿐.

다음엔 '늑대'였다. 나는 도통 꿈을 기억하지 못하는 편인데, 시험관 시술을 할 때 즈음이면 주변에서 어떤 꿈을 꾸었노라고 알려오는 사람이 꽤 있었다. 이번엔 둘째 조카 헌이 자랑스럽게 이르길, 늑대가 나오는 생생한 꿈을 꾸었으니 자기도 이제는 사촌동생이 생길 거라고 했다. 천진난만한 헌의 무턱댄 장담이 사랑스러워 또 기분 좋은 예감을 꿈꾸었다. 그래도 이번에는 신중하자, 했다. 전복이를 품고 너무 설레발을 쳐서 잃었나, 하는 괜한 자책감이 있었기에 이번엔 정말 차분해야지, 마음먹었다.

그래도 자꾸만 마음은 부풀어 올랐다. "늑대야, 늑대야." 하며 배를 쓰다듬을수록 듬직하게 느껴졌다. 빨간 모자 소녀와 그 할머니까지 한입에 꿀꺽 삼키는 통 크고 억센 늑대라면, 자궁에 떡하니 한자리 차지하고 앉아 있는 건 일도 아닐 것이다. 내 머리에는 뼈대 굵고 통실한 남자 아기가 그려졌다.

엄마에게 전화했다. 맹랑한 헌의 꿈 이야기를 들려주며, 임신 테스트기 두 줄도 조심스럽게 언급했다. 기분을 띄워줄 과장된 리액션이 필요한 사람은 무조건 우리 엄마에게 전화하면 된다. 엄마는 역시나 환호성부터 질렀다. 그럴 줄 알았다며, 태명도 마음에 쏙 든다며, 꿈을 꾼 조카에 대한 기특함부터, 힘이 좋을 늑대에 대한 장담까지 서슴지 않고 호언했다.

진중하자며 축하를 유보했던 남편에게 은근히 삐쳐 있던 나는 아직 주변에 말하지 말라고 엄마를 단속하면서도 비실비실 웃음이 새어 나오는 걸 막을 수 없었다. 엄마에게 털어놓고 나자 늑대와 늑대 엄마, 또 늑대 할머니까지 세 사람만의 연대감 같은 것도 느껴졌다. '일단 우리끼리만 축하하자, 늑대야.'

하지만 늑대도 끝내 미약한 심장 소리조차 들려주지 않았다. 순진하게도, 철없게도, 또 성급하게도 철석같이 확신했던 만큼 마음은 갈피 없이 무너져내렸다. 늑대가 이리도 연약할 수 있다니 믿어지지 않았다. 3주 동안 늑대는 나의 아기로, 내 배 속에서 무럭무럭 자라고 있었는데 이렇게 쉽게 더 이상 살아 있지 않다고 단정 지을 수 있나? 어쩌면 늑대는 조금 늦되는 아이일 수도 있는데, 엄마가 조금 더 기다려줘야 하는 것인데, 현대 의학은 너무 성마른 것 아닌가?

8주 차에 심장 소리를 듣지 못하고, 9주 차에 최종 유산 선고를 듣고 나오면서도 마음에서는 일말의 다른 가능성을 끊임없이 되뇌고 있었다. 기적이라든가, 오진이라든가 하는 이야기는 분명히 존재하니까. 믿기 싫은 만큼 이상한 오기가 뻗쳤고, 받아들이기까지 시간이 걸렸다. 기쁨이 컸다고 해서 그 반작용으로 슬픔이 배가 되는 것이 아니라고 믿고 싶었지만, 감정의 낙폭이 더 큰 것은 사실이었다. 하늘 높이 솟았던 기분은 바닥을 모르게 곤두박질쳤다. 끝끝내 바닥에 닿을 수 없을 듯 까마득하게 내려가기만 했다.

서러웠다. 전복이를 보냈고, 포상기태라는 뜻 모를 진단명으로 1년을 임신을 유예해야 했고, 해를 넘겨 다시금 마음을 가다듬고 시작한 시험관 시술이었다. 대체 내가 뭘 잘못했는지 알려달라고 허공에 외치고 싶었고, 누군지 모르게 마구 원망스러웠다. 남편인지, 의사인지, 하느님인지, 아니면 내가 속한 이 모든 세상인지. 남들에게는 유희 끝에 찾아오는 축복이, 왜 내게는 고통과 인내의 끝에도 허락되지 않는 것인지, 왜 이리 세상은 불공평한지. 그리고 비로소 알았다. 내가 얼마나 절실했는지를.

그간 3년 넘게 시험관 시술을 하면서도 이야기했었다. 나는 여전히 확신이 안 선다고. 정말 그렇게 생각했다. 아이를 갖는다는 것은 겁이 나는 일이었다. 내 몸 하나 건사하고 살기도 버거운데, 핏덩이 하나를 온전히 책임져 인간답게 길러내는 일은 정말이지 자신이 없다고 생각했다. 그래도 남편이 원하니까, 내가 사랑하는 이가 자신의

2세를 꿈꾼다니까 '옜다, 하나 낳아줄게.' 하는 맘으로 병원을 다녔는지도 모르겠다. 이 마음이 잘못된 것이어서 하느님은 나에게 이리 가혹했나? '내가 원한 게 아니라, 그가 원하니까.'라는 생각이었는데, 유산을 연거푸 하고 알게 되었다. 다른 누구도 아니고, 내가 원한다. 간절히.

나는 텅 빈, 빈집이 되었다. 계류유산은 뒤처리가 참 그렇다. 태아가 될 뻔한, 심장이 뛸 뻔한 존재를 이제는 꺼내야 한다. 다시 수술대에 올라야 하는데, 아무리 간단한 수술이라고 해도 그때의 기분은 처참하다거나, 암담하다거나 그런 표현으로밖에는 설명할 수가 없다.

두 번의 소파 수술로 전복이와 늑대를 보낸 뒤 뭐라 표현할 수 없는 허전함을 안고 꾸역꾸역 미역국을 먹다가 사무치게 깨달았다. 나는 빈집이 되었다고. 내 뱃속에 잠시 머물다 떠난 자리에 남은 이 빈 공기가 끝내 채워지지 못할까 봐 무서웠다.

호떡이, 호빵이 때는 좀 시시하리만큼 담담했다. 전복이와 늑대를 보내며 달라진 탓이다. 눈물의 경험만큼 사람을 성장시키는 것이 없다 했던가. 두 번의 유산을 통해 조금은 진중한 사람으로 거듭난 것인가.

7주 초음파 검사 때, 이번에는 심지어 두 개의 아기집이 보인다고 했을 때에도 환호성을 지르거나, 눈물을 비추거나 하는 호들갑은 떨지 않았다. "어머, 그래요?" 정도로 약간 놀람을 표현했을 뿐. 남편과 나는 안정기가 올 때까지 조심하자고 했다. 보통 안정기라고 불리는 때는 15주인데, 그때까지 우리는 숨죽여 축하하자, 했다.

시험관 시술을 시작하고 4년을 넘겨 병원을 옮겼다. 이번에는 남자 의사 선생님이었다. 계속되는 실패와 좌절 속에서도 나는 병원을 옮길 생각은 못 했었는데, 그때 다니던 병원이 내걸고 있는 홍보 문구 중 하나는 '여의사로 이루어진 병원'이었다. 산부인과 쪽은 아무래도 여자 선생님께 진료받는 것이 마음이 편할 것이라는 생각에 선택한 병원. 하지만 실패가 계속되자 뭔가 새로운 시도가 필요하다는 생각이 스멀스멀 들기 시작했다.

포상기태라는 진단을 받고 서울대병원으로 옮겨 1년을 다니다 돌아와 다시 처음부터 시험관을 시작할 때에도 주저하는 마음이 들었다. '더 큰 병원이 나을 뻔했나?' 하지만 나는 안정 추구형이다. 긍정적인 쪽으로든 부정적인 쪽으로든 변화란 그 자체로 스트레스가 된다. 한 병원에서 지지부진하게 시간이 흘렀다. 나이는 거짓 없이 마흔을 향해 또각또각 올라가고 있었고.

그즈음 나와 성격이며 기질이며 행동 패턴이며 모든

것이 정반대지만, 사람과 음식 취향만은 같은 차 선배가 적극 알아봐 준 병원으로 떠밀리듯 옮기게 되었다.

남자 선생님이 부담스럽다는 생각은 마음 급한 나에게 사치라는 걸 첫 진료 보는 날 느꼈다. 그는 그저 나를 도와줄 사람이지 여자, 남자라는 성별로 인식되지 않았다. 너무 진지하지는 않은 말투로, "잘될 거예요." 말하는 의사의 손을 하마터면 덥석 잡을 뻔했다. 그 순간 깨달았다. 내가 오래도록 듣고 싶었던 말이 바로 이 말이었다는 것을. 잘 될지 안 될지 누구도 확신할 수 없지만, 확신할 수 없음을 넘어선, 최선의 노력을 약속하는 애정 어린 말. 그 말이 나는 고팠던 것이다. 그리고 얼마 뒤 나는 정말, 잘되었다.

·

이름을 불러주기 전에는 무(無)였던 것이 이름을 붙여주는 순간 의미 있는 존재가 되더라는 시를 몸소 두 번 체험했기에, 배 속의 두 '꿈틀이'에게 이름을 붙이기 두려웠다. 미루고 미루다 배에 손을 얹으면 뭔가 불룩하게 들어있구나 느껴지기 시작할 때 비로소 고민에 들어갔다.

남편의 이름은 호석인데, 그중 나는 '호' 자를 좋아한다. '호'를 넣어, 귀한 자식에게 개똥이라 이름 붙이듯, 사랑스러운 이름은 후보에서 제하고 투박한 애칭으로 고른 것이 호빵이와 호떡이. 호빵처럼 빵빵하고, 호떡처럼 넓적한 아이가 나오면 어떡하지, 하면서도 이게 제격이다 싶었다. 그런데 신기하다. 안 예쁜 이름을 골랐다고 생각했는데, 부르면 부를수록 호빵이, 호떡이가 너무도 귀엽고, 상큼하고, 미치도록 사랑스럽게 느껴진다. 그게 출발인 거였다. 부모가 되면 눈이 먼다는 이야기, 그 시작.

나의 난임기는 이렇게 해피엔드다. 지금 내 곁에는 꼭 서너 번씩 내 몸을 타고 넘어 좌우를 왕복하며 잠을 자는 호빵이와, 삐죽 길어진 다리 하나를 내 배에 걸쳐두고 자는 호떡이가 누워 있다. 그리고 뻔한 이야기지만, 호빵이와 호떡이도 잠자는 이 순간이 하루 중 가장 예쁘다.

무조건적 사랑

엄마가 되면 무조건적인 사랑을 배우게 된다는 말. 그 말의 의미를 지금까지 오해하고 살았다. 아이를 향해 내가, 엄마가 되면 저절로, 조건 없는 사랑을 베풀게 된다는 말인 줄 잘못 알았다. 아니었다. 그 반대였다. 엄마가 되면, 태어나 처음으로, 진정, 조건 없는 사랑을 받게 된다. 단지 엄마라는 이유로.

진짜 궁금하다. 정색하고 묻기도 해본다. "너는 엄마가 왜 좋아? 뭐가 좋아?" 알고 있다. 나는 아직, 부족하다. 더 나은 엄마가 되기 위해 하루하루 노력하지만, '노오오력' 해 진짜 좋은 엄마의 역할을 터득하게 되는 때엔 이미 아이들이 엄마가 더 이상 필요하지 않을 만큼 커버린 뒤일까 봐 무서울 지경이다. 대학원 4학기 때, 두 돌배기 둘을 떼어두고 나와 들었던 수업 제목이 마침 '애착과 심리 치료'였는데, 기분이 묘했다. 애착 형성의 절대적 시기에 아이를 두고 나와 애착을 공부하다니.

자녀의 안정 애착을 위한 엄마의 요건은 두 가지, 일관성과 민감성이다. 아이에게 얼마나 정서적으로 일관성 있는 반응을 해주는가. 또 아이의 욕구를 얼마나 민감하게 파악하여 적절히 대응해주는가. 나는 둘 다 갖추지 못한 엄마인 것을 한 장 한 장 읽어가며 확인하고 얼마나 좌절했던가.

책에서는, 엄마는 본능적으로 아이의 울음이 보내는 신호를 감지한다고 했다. 배고파 우는 울음인지, 기저귀가 젖어서 우는지, 혹은 잠투정인지를 알게 된다고. 아이들의 해독 불가능한 울음에 막막해지는 밤이면 나는 누구를 향한 것인지 모르게 따지고 싶어졌다. 정말, 엄마는 저

절로 알게 되는 게 맞느냐고. 이 울음에 나는 어찌해야 하는지 모르겠다고. 나도 소리 내어 엉엉 울고 싶었다. 포기할 수 있는 거라면, 포기를 선언하고 뛰쳐나가고 싶었다. 그런 나에게, 아이들은 마치 내가 대단한 사람인 양 절대적인 애정을 준다, 미안하게도.

아이의 천진난만함에 웃을 때가 많다. 어떤 개념도, 가치관도, 편견도 담기지 않은 순수함에 경이로운 탄식을 자아내는 순간. 아이는 나를 좋아한다. 그러므로 나의 몸도 좋아한다, 편견 없이. 낮잠 좀 자자, 하며 놀고 싶어 하는 아이를 끌어다 눕히고 함께 뒤척이다 보면, 나는 잠이 솔솔 오는데, 말똥한 아이는 뭔가 놀거리를 찾아 헤매고 있다. 때로 그 놀거리는 내 몸이 되기도 한다. 언젠가 방심한 틈에 기습적으로 당했다.

"끄악! 지금까지 나를 사랑한다던 그 어떤 사람도 여기를 만진 적은 없어! 대체 너는?" 절로 비명이 터져 나왔다. 아이의 손길이 닿은 곳은 나의 콧구멍 안. 가는 손가락이니 참 깊숙이도 들어간다. 손가락이 코로 들어가 눈으로 나오는 줄! 냄새나는 머리로 뒹굴고 있어도 스스럼

없이 머리에 코를 박고, 발가락을 빠는 일은 일상이다. 외출도 안 하고 아이랑 집에만 있다 보니 샤워를 거르기도 일쑤이건만, 아이는 그런 것 따위 고려할 만큼의 인지가 탑재되어 있지 않다. 그 천연한 무지가 왜 이리 사랑스러운지. 나의 구석구석을 기꺼이 탐색하고, 애착하고, 침을 가득 묻혀 영역을 표시하는 나의 아이에게, 나는 오늘 무조건적 사랑을 배운다.

아이에게 특히 절대적인 존재가 되는 순간이 있다. 피곤할 때, 선잠에서 깼을 때, 다치거나 아플 때. 평소 달려가 안기는 할아버지, 잘 놀아주는 석이 형, 헌이 오빠, 다 필요 없고, 단지 엄마만이 절실하다. 그렇다고 내가 대단한 걸 해주는 것도 아니다. 잠시 안아주기. 그도 안 되면 손잡고 같이 눕기. 그 하나를 위해 아이들은 간곡히 부른다, 엄마를. 그 순간엔 다른 무엇으로도 대체되지 않는다. '내가 대체 뭐라고…' 뭉클해진다. 그런 순간 덕분에 "엄마가 그렇게 좋아?" 하면서 아이를 으스러지게 껴안게 되고, 그렇게 에너지를 충전한다.

반성한다. 잠투정하는 아이를 밀쳐내고 귀 막고 싶은

순간 '울음을 그쳐야 안아줄 테야!' 외치고 싶다. 그런 순간에도 아이는 울며불며, 엄마의 손길을 갈구한다. 무조건적인 사랑. 내가 먼저 주어야 하거늘, 아이가 나에게 베풀고 있다. 잠든 아이 모습이 가장 예쁘다 생각하는 지금도, 나는 조건적인데, 아이는 무조건적이다. 오늘도, 아마 내일도, 아이에게 이 무조건적 사랑을, 더 배워야 할 것 같다.

억울해

한껏 날이 서 있었다. 신경 가닥이 몸 밖으로 보이는 것이라면, 내 모습은 모든 신경 섬유 한 올 한 올이 곤두서 마치 뾰족뾰족한 고슴도치처럼 보였으리라. 토요일 오후였고, 친구 부부가 오기로 되어 있었다. 아무리 편한 친구라지만, 머리도 감지 않은 모습으로, 너저분하게 어질러진 거실로 친구를 들이려니 한숨이 나왔고, 그래서 더 짜증이 났다. 그러면서도 씻을 수도, 바짝 정리 정돈을 좀 할 수도 없었다. 준은 낙지가 휘감은 듯 좀체 내 몸에서 떨어질 줄 몰랐고, 준이 내게 시간을 준다고 해도 사실 몸을 움직일 에너지가 남아 있지 않았다. 화살은 남편에게 날아간다.

"대충 이거 좀 치워주면 안 돼?"

"남편, 휴대폰 그만 보고, 잠깐만 준이 좀 받아봐요!"

'왜 하나하나 이야기하지 않으면 움직이지 않을까? 저 달팽이 같은 몸놀림은 수동 공격인 거지? 영혼은 어디에 팔고 왔을까? 지금 껍데기만 여기 있군.' 자고 싶은 늦잠을 자지 못한 남편도 피곤한 기색이 역력했지만, 그 순간의 내겐 읽히지 않는다. 읽었다고 해도 달라질 것은 없었다. 피곤함을 애써 감추지 않는 그 모습조차 짜증을 불러일으켰으므로.

민 부부는 내가 좋아하는 빵집에서 달콤한 빵, 짭짤한 빵을 골고루 사 들고 찾아왔다. 접시를 꺼내고, 빵 봉투를 풀어 빵을 자르며 친구 얼굴을 보니 기분이 좀 말랑해진다. '고마워, 친구. 바깥공기를 실어다 줘서.'

인심 쓰듯 "남편, 이거 맛 좀 봐봐." 하며 건네는데, 남편 얼굴이 먹빛이다. 만화로 인상 쓴 얼굴을 그릴 때 쓰는 빗금이 딱 거기 죽죽 그어져 있었다. 냉랭하게 있다가도 친구 부부가 도착한 순간 '접객 모드'로 전환한 나와 달리, 나의 남편으로 말할 것 같으면 참으로 정직하게도 고스란히 감정을 얼굴에 담아내는 사람인지라 친구 부부는 이내 눈치를 챈다. "왜 그래? 둘이 싸웠구나?"

들킨 김에 기다렸다는 듯 하소연이 터져 나온다. 나야 당연히 할 말 많았지만, 남편도, 놀랍게도, 할 말이 많았다. 그게 또 괘씸하다. 나의 관점에서는 내가 절대적 희생자이며, 남편은 입이 백 개여도 할 말이 없어야 지당한 것이다! 우리 부부의 말은 서로 편들어달라고 조르는 양 오디오가 마구 겹친다. (방송 용어로 '오디오가 겹친다'는 건, 두 사람이 동시에 말하는 걸 뜻한다. 어느 정도 오디오가 겹치는 건 프로그램에 활력을 줄 수 있지만, 어느 수준 이상으로 겹치면 둘의 말을 모두 알아들을 수 없기에 잘 조정해야 한다.)

내용은, 뻔한 그 내용이 맞다. "혼자 아이 둘이랑 내내 전쟁을 치르는데, 주말이 되면 남편과 조금은 육아 부담을 나눠 갖기를 바라는 내가! 잘못된 거야? 응?" 남편의 공세도 만만치 않다. 논점을 슬쩍 바꿔치기한다. "현정이는 제가 뭐를 하든 다 시비를 걸어요. 저는 애 보는 것보다, 그게 더 힘들어요. 다 맘에 안 들어 하니까, 저도 뭘 못 하겠어요."

'이런 쟁점 흐리기는 싫다고!'를 외치려는 순간, 민이 가만히 내 어깨를 잡으며 말했다. "내 친구, 많이 억울하구나?" 그거였다. 나는 억울했다. 합당한 육아의 양을 따지는 논리를 걷고 보면, 진짜 고갱이는 내 감정이었다. 너무도 억울하고 원통하고 한탄스러운 내 마음. 남편이 밉고, 짜증 나고, 꼴 보기 싫고, 때려도 된다면, 진심 힘을 실어 갈겨주고 싶은 이 마음.

출산과 육아를 위해 나의 것을 내려놓아야 했다. 대학원은 휴학해야 했다. 3학기 때까지는 배가 불러오더라도 충분히 다닐만했는데, 겨울방학을 지나며 배는 점점 커졌고 정말 내 몸 안에 두 생명이 자라는 게 실감 나기 시작했다. 출산 예정일은 4월이었으므로 봄 학기가 시작되고 중간고사 볼 때 즈음 아이가 나올 것이었다.

'중간고사 공부를 할 수 있을까? 예정일과 중간고사가 완전히 겹치면, 혹시 시험 대신 리포트로 대체해 달라고 요청하는 게 가능할까? 그전까지 출석을 완벽하게 해두면 출산 후 2주 정도 결석해도 학점에 지장을 덜 받을 수도 있지 않을까? 이렇게 저렇게 하면, 휴학하지 않고 어떻게든 좀 되지 않을까?'라고 슬쩍 상상도 해봤다.

언니는 기겁을 했다. 현실성이 없는 얘기라며, 너무도 다 아슬아슬하다고. 막달에 이벤트(임신 중 유산의 위험이 생기거나 뭔가 의학적으로 조치를 취해야 하는 상황을 임신의 세계에서는 이벤트라고 표현한다. 오랜만에 써보니 문득 어색하게 느껴진다. 보통은 생일 파티나 축하 행사 같은 상큼 발랄한 상황에 쓰는 단어니까.)라도 생기면 감당할 수 없을 거고, 특히 단태아보다 이벤트 확률이 높은 쌍태아 엄마인데, 위험이 너무 크다며.

물론 알고 있었지만 그런 무리한 시나리오도 떠올릴 만큼 난 상담 공부가 좋았고, 멈추고 싶지 않았다. 중단하면 그렇게 주저앉아 다시 학교로 돌아오지 못하게 될까 봐 두려웠다. 그렇다고 진짜 진지하게 그런 안을 고민한 건 아니었다. 엄마 됨이 우선이라는 것을 잘 알기에 당연하다는 마음으로 휴학했다.

일하는 것 같지 않도록 재미있던 EBS 라디오 프로그램 「책으로 행복한 12시, 최현정입니다」도 "아기 낳고 오는 동안 잠시 기다리세요." 하며 자리 맡아둘 수 없으니 내려와야 했다. 회사를 나오고 몇 년간 막막하다가 어느 정도 내가 갈 방향을 찾고 나아가던 터에 마침 호빵이 호떡이가 찾아왔으니, 인생이란 참, 원래 이런 거지, 싶었다.

그렇게 나는 겨우 손에 잡은 것들을 정리하고 무사한 출산을 준비했다. 그리고 해냈다. 이젠 숙제 끝, 하고 손 털고 싶은 마음이었는데 놀랍게도, 다시 시작이었다.

출산이라는 업무를 완수했는데 더 어마어마한 다음 단계, 육아가 딱 기다리고 있었다. '앗! 이게 뭐야?' 싶은 순간들이 정신을 차릴 틈 없이 온몸을 강타했다. 젖꼭지는 부르트는데 젖이 안 나와 애태워야 하는 것도 나고, 바락바락 우는 아이를 안고 어스름한 새벽을 서성이는 것도 나고, 왜, 왜, 왜, 다 나만 하느냔 말이다! 힘들다는 임신과 출산을 내가 다 했는데 이젠 배턴터치를 좀 해줘야 하는 거 아니냐고 외치고 싶었다.

만신창이가 되어 바라본 남편의 삶은 잃은 게 없어 보였다. 회사 일은 마침 감사하게도(라고 뒤늦게 쓰지만, 당시엔 '무척 아니꼽게도') 잘 풀리며 일감이 몰아닥치고 있었고,

남편은 그만큼 귀가가 늦었다. 때로는 바깥세상에서 비릿한 숯불갈비 냄새에, 들큼한 술 냄새를 묻히고 들어와 나를 약 올리는 듯했고, 그런 밤이면 남편은 더더욱 잠귀가 어두워져 아이들이 우는 소리도 결코 듣지 못하고 드르렁 드르렁 잘만 잤다. 아이 한 명이 크게 울어젖히는 바람에 다른 아이까지 깨어나 둘이 양쪽에서 서라운딩 사운드로 박박대는 새벽이면, 나는 발을 동동 구르며 절대 눈 뜨지 않는 남편을 눈이 시리도록 노려보는 것이었다.

왜, 나만, 이 고통을 감내해야 하는 거냐고! 당신 삶은 예전과 다름없이 굴러가는데, 왜 나의 삶엔 폭풍과 지진과 쓰나미가 동시에 몰아치는 거냐고! 한 시간이 넘는 전쟁을 치르고 겨우 아이들을 다시 재웠지만 나는 다시 잠들지 못했다. 배 속이 뜨끈하게 달구어져서는 식을 줄 몰랐기에. 그 뜨거움이 억울함이었다는 걸 이제 알았다.

감정에 이름을 붙이는 것이 도움이 된다. 민이 "어, 이거 억울함이야." 딱지를 붙여주는 순간, 그동안 풀어내지 못한 것을 해독한 후련함을 느꼈다. 뿌연 안개 속을 더듬다 쨍한 햇살 한 줄기로 눈앞의 실체를 확인한 느낌. 물론 내 감정이 무엇인지 선명해졌다고 해서 그 감정의 농도가 옅어지는 건 아니었다.

다만 왠지 모르게 그와 동시에 알게 된 것이 있었다. 이 감정이 날 영원히 지배하지는 않을 거라는 사실. '이 또한 지나가리라.'가 주는 위안이 있었다. 그것만으로도 숨통이 트이는 기분이었다. 그즈음의 나는 정말로 남편에게 사사건건 트집을 잡고 있었는데, 그건 남편을 괴롭히는 일이기도 했지만 내가 나를 고문하는 일이기도 했다. 늘 화낼 준비를 하고 있는 상태란 얼마나 흉포하냔 말이다.

아이가 한꺼번에 둘 태어나고, 나는 엄마가 되었다. 아이들은 내 생각과는 다른 존재였다. 내 말을 알아듣지 못했고, 반응하지도 않았다. 가끔 웃음 비슷한 걸 보여주기도 했지만, 과연 "까꿍"에 대한 호응인지 아직 제대로 통제하지 못하는 근육이 제멋대로 움직인 것인지 알 수 없었다.

수유 배변 일지를 방문에 붙여놓고, 아이들이 언제 먹었는지 먹은 시각, 먹은 양, 잠든 시각, 깬 시각, 배변 시각과 양을 적어두지 않으면 헷갈렸다. '준이 먹었나? 아니 센이 먹었지? 아니, 방금 트림시킨 애는 준인데?' 내가 아이를 안아 젖병을 물렸던 그 장면이 어제의 순간이었는지, 조금 전 상황인지 도통 모르겠는 때가 많았다. 내가 내 정신이 아니었던 나날들. 육아란, 엄마가 되면 저절로 가능해지는 영역이라고 믿었던 환상이 와르르 무너져내렸다.

육아는 나의 상상 범위를 넘어서는 무엇이었다. 내가 감당해낼 수 있는 종류의 것이 아니라는 것을 하루하루 확인하는 나날이었다. 아이를 돌보며 느끼는 감정이란 경탄, 환희, 신비로움 같은 거라고 배웠다. 그런데 아니었다. 그런 아름다운 감정보다 더 자주 공포와 무력감과 부담감에 압도당해야 했다.

준은 저녁 7시만 되면 자지러지게 울었다. 영아 산통이라 했다. 한 시간을 목이 쉬도록 우는 아이를 책에서 본 대로 이리저리 각도를 바꿔 안아주다가, 배를 문질러주고, 등을 두드려주고, 이것이 아닌가 싶어 다시 뉘었다가, 어찌해도 그치지 않는 아이를 그냥 두지 못하고 다시 안고 서성이며 창밖을 보면 어둑어둑 땅거미가 지고 있었는데, 그때 가슴으로 스미는 그 암울하고 막막한 절망을 누구와도 나눌 수 없었다. 한마디로 나는 육아가 진정, 무서웠다.

그것은 산후 오르락내리락한다는 호르몬만의 문제도 아니었고, 육아가 상상 이상으로 힘들어서만도 아니었다. 나는 엄마 됨의 무게에 압도당해 찌그러져 곧 터져버릴 것 같았는데 내 옆엔 이 무게를 나눠질 이가 없다는 외로움이 절절히 사무쳤다. 그러므로 억, 울, 했, 다.

남편을 향한 억울함이 그래서, 이제는 모두 지나갔느냐 물으면, 아직 그렇다고 대답할 수 있지 않다. 나는 여전히 종종 억울하다. 날개를 활짝 펴고 승승장구하는 남편, 집 안에 갇혀 시들어가는 나. 이렇게 대칭으로 써놓고 보면, 더 억울해진다. 이 억울함을 걷어내기 위해 남편이 뭘 해주기를 바랄 게 아니라 내가 움직여야 함을, 억울함에 사무쳐 뜨거운 울분을 여러 번 삼킨 이후에야 깨달았다.

이 감정이 나를 지나쳐 과거로 사라지게 하기 위해 바로 내가! 뭐든 해야 했다. 엄마로만 잠식되지 않아야 억울함을 걷어낼 수 있을 것 같았다. 사회적인 페르소나를 잊지 말아야지, 하고 유튜브 채널을 시작했다. 늘어진 뱃살을 정돈하려 운동도 시작했다. 내 삶의 구성 요소를 엄마 영역과 엄마 외 영역으로 나누어, 엄마 아닌 나도 챙기려 한다. 혼자 억울해지지 않도록.

나의 4분의 1 크기의 존재가 나를 이토록 겁먹게 할 수도 있다는 걸 뼈저리게 체감했던 시절을 지나 이 조그만 아이의 키가 내 3분의 2만큼이 되니 육아의 무게도 한결 덜어졌다. 숨 쉴 여유가 생기니 이 감정이 슬며시 희석되기도 하지만, 그래도 남아 있는 억울함에 대해 마지막 한 오라기까지 찾아내 벗어버리고 싶다. 시간이 걸리더라도.

지나간 뒤 아름답게 채색되는

나이와 세월의 속도는 정비례한다던 누군가의 말을 제법 실감하던 즈음 갑자기 내 세월의 빠르기는 출산과 함께 아이들 속도에 맞춰졌다. 세상에나, 1부터 다시 시작이라니! 시속 40킬로미터로 달리다 시속 1킬로미터로 풀썩 주저앉으니 가슴 턱 막히도록 느려진 기분이었다.

백일까지의 시간은 거의 기억에 없다. 사진 몇 장으로 짐작해 보는 순간순간이 남겨졌을 뿐. 그때 느꼈던 막막함은 선명한데, 구체적인 일상의 요소들은 흐릿하다. 하루가 24시간 단위로 종결되고 다시 시작되지 않았다. 그저 쉼표 없이 연속선 위를 달리는 기분이었다. 두세 시간 간격으로 같은 일과를 반복했지만, 매번 헤매어야 했던 나날들. 먹이고, 트림시키고, 바라보다, 기저귀 갈고, 울리고(울리려는 게 아니었지만, 결과적으로), 재우고. 때로 두 아이의 리듬이 절묘하게 어긋나면 그나마의 시간 간격이란 것도 무의미하게 나는 먹이고, 또 먹이고, 기저귀 갈고, 또 갈고, 재우고, 또 재우는 도돌이표를 그렸다.

운이 좋아 둘의 리듬이 합쳐지면, 동시에 아이 둘의 젖병을 붙잡아주기 위해 기이한 자세로 한 명은 다리를 베게 하고, 또 다른 한 명은 베개와 이불로 적당한 경사를 만들어 눕힌 다음 양손으로 젖병을 들어주는데, 그 자세를 20분간 하고 있으면 진땀이 줄줄 흘렀다. 글로 적으면 이리도 간단한 일상이 힘겨웠고, 두려웠다. 잠이 부족해 늘 몽롱한 느낌이었지만, 막상 자는 때에도 깊게 잠들지 못했다. 너무나 긴장하고 있었다. 아이가 깰까 봐, 울까 봐, 배고플까 봐, 내가 모르는 뭔가가 잘못되어 있을까 봐.

긴 터널은 백일쯤 지나 저 멀리 빛이 있음을 보여줬

다. 아이들 잠이 조금씩 길어지고, 20분 넘게 젖병을 물고도 얼마 못 먹던 아이들이, 빠는 힘이 제법 붙어서 꿀꺽꿀꺽하더니 10분 만에 뚝딱 빈 병을 밀어내기도 하자 그게 대견하고 경이로워 눈물이 찔끔 나기도 했다. 그래도 힘들다, 무섭다는 느낌은 가시지 않았다. 짧고 굵게 하루를 보내고 싶은데, 나의 하루는 여름날에 늘어지는 엿가락처럼 가늘고 길게 쨰애애깍, 쨰애애애깍 흐르고 있었다.

돌 즈음 되니 비로소 여유랄까? 그런 느낌이 일상으로 조금 찾아온 것 같다. 아이들의 이유 없는 울음에 면역도 생기고, 아이가 넘어지거나 부딪혀도 대개는 괜찮다는 것을 연거푸 확인한 즈음이었다. 그래도 여전히 나는 꾸역꾸역 숙제하는 심정으로 하루하루 채워가고 있었다. '내가 버텨야 하는 시간, 이제 3분의 1만큼 왔다.' 되도록 만 3년까지는 엄마 품에서 아이들을 키워내겠다는 오래전의 다짐을 새기며 지내는 내게, 하루는 길었다.

두 돌을 바라보는 이제야 비로소 조금 알겠다. 아이들 크는 게 아쉬워진다는 말이 무슨 말인지. 언제 이렇게 가속도가 붙었는지, 하루하루 휙휙 지나며 아이들이 달라지고 있다. 어제는 몰랐던 말을 천연덕스럽게 던지며, 원래 알던 단어인 양 기세등등하다. 굴러다니는 리모컨을 귀에 대고 알아듣지 못할 언어로 조잘대며 엄마, 아빠의 전화 통화를 흉내 내며 돌아다닌다. 그런 아이의 양 볼에 소리 나게 뽀뽀를, 해도 해도 자꾸 하고 싶다. 아이의 체취를 맡기 위해 아이 머리에, 손에, 배에, 발가락에 코를 들이밀어 킁킁거리고, 아이의 까르륵 웃음소리를 듣기 위해 자꾸만 새로운 장난 거리를 궁리하게 된다.

지금 세월의 속도는 어느 정도일까? 시속 40킬로미터에서 1킬로미터까지 풀썩 내려앉았다가 다시금 부릉부릉 가속도를 내고 있는 지금, 어리석게도 나는 이제야 지나온 시간을 아쉬워한다. 그 순간을 즐기지 못했던 나를 탓하게 된다.

엘리베이터에서 만난 나이 지긋한 이웃은 "세 살? 그렇죠? 이때가 젤 예뻐요. 그때는 몰라, 힘들어서. 나도 지나고 알았어. 그때가 제일 예뻐요." 하고 훌쩍 사라지셨다. 원래 그런 건가 보다. 힘겨웠던 20대가 가장 좋았던 시절로 추억되듯, 아이들이 하얀 백지로 태어나 서서히 색깔이 입혀지기 시작하는 이 3년이 가장 아름다운 시절인 양

채색되리라는 것을, 이제는 조금 짐작할 수 있게 되었다.

그러고 보면 인생이란 참으로 아이러니의 연속이다. 나중에 오늘을 이토록 그리워할 것을 알면서도 나는, 잠든 아이의 손가락을 만지며 가만히 중얼거린다. "얼른얼른 커라. 얼른 세 돌 찍고, 엄마 좀 놓아주라."

사랑한다 말하기 좋은 때

우리의 의식은 이렇게 시작한다. 센이 귓속말을 하려고 다가온다. 듣지 않아도 알지만, 아이의 숨결로 귓가가 간질간질한 그 느낌이 좋아 매번 모른 척 귀를 갖다 댄다. "무슨 얘기야?" "엄마, 웅가 마려워." 우리끼리만의 비밀 이야기임을 강조하기 위해 아이는 집게손가락을 세워 입 위에 올려놓는 것도 잊지 않는다. 우리는 행선지가 카페인 양 다정하게 손잡고 나서서 화장실로 향한다.

유아용 변기를 졸업했지만 여전히 어른용 변기는 불

안하다. 작은 엉덩이가 퐁당 잠길 듯 위태롭다. 센이 스스로 바지를 내리고 변기에 올라가 앉는 동안 나는 그 앞에 욕실용 작은 의자를 두고 앉는다. 그리고 우린 손을 맞잡는다.

'퐁당'
"크크, 나왔네?"
"냄새나?"
"응."
"어때?"
"좋아."

누가 들으면 고개를 설레설레 저을, 오묘한 대화가 오가고, 나는 힘을 주느라 일그러지는 센의 표정을 흐뭇하게 바라보다 끝내 내뱉지 않고는 배기지 못하는 말을 가만히 속삭이게 되는 것이다.

"사랑해."

너는 왜

한 번 부르면 오질 않는 거니?

입만 벌리면 치카치카 솔질도 다 해주는데, 가만히 앉아만 있어도 양말도 신겨주고, 팬티도 올려주고, 다 입혀주는데, 아, 하고 나서 씹고 삼키기만 하라는데, 이렇게 편하게 다!!! 해주는데, 한 번에 와서 조금만 협조해주면 안 되겠니?

끝내 나는 목소리를 높이고 있다.

"엄마 인내력은 한계가 있어!"

놀란 준이 눈을 동그랗게 뜬다.

"왜 엄마? 두 개는 없어?"

텐트

아이들이 텐트의 맛을 알아버렸다. 작은, 우리끼리만의 공간. 여름휴가를 앞두고 장만했건만 바닷가에서는 제대로 쓰지 못했고, 그게 아쉬워서 거실 한쪽에 텐트를 쳐 주었다. 그 안에서 한동안 '꼬물꼬물', '뒹굴뒹굴' 하더니 잘 때가 되어도 도통 나올 생각이 없어 보인다. 흐뭇하게 바라보는 엄마를, 준이 초대한다.

"엄마 내 팬티에 들어와요."

"뭐? 아니, 텐트, 준아. 텐트."

"네. 엄마, 팬트. 여기 내 팬티에 초대합니다!"

아들아. 발음 좀 주의하자.

무지개

"엄마, 무지개 어디 있어요?"

"무지개? 무지개는 하늘에 있지."

"아니, 아니요. 무지개, 꺼내주세요."

"엄마는 무지개를 못 만들어. 하늘이 만드는 거야."

"으앙, 아니야. 나 무지개, 무지개!"

아이는 연필, 가위 따위를 꽂아놓은 통을 가리킨다. 통을 선반에서 내려주니 지우개를 찾아 잡고는 흡족한 미소. 이제 우리 집에서는 무지개가 지우개다.

기타를 친답시고 무지개를 가져다가 동그란 구멍 속에 빠뜨리고는 또 새로운 무지개를 찾아 헤매는 준. 오늘은 가까운 문구점에 나가 무지개를 상자째 사두어야겠다. 집 안에 무지개가 마구 굴러다니는 모습을 바라보는 것만으로도 행복할 테니.

이만큼의 사랑

아이들이 먹다만 음식을 아무렇지 않게 먹게 되었다. '엄마 됨'에 익숙해진다는 것은 이런 것인가. 사과를 먹다가도 그만 먹고 싶으면 당연하다는 듯 엄마 입에 넣어주는 아이. 아이의 잇자국이 선명한 과일 조각이 사랑스럽다. 고맙다고 웃으며 와작와작 씹는 모습을 과장되게 보여주기도 한다. 아이가 먹던 음식을 먹는 기분이란, 아이와 한 몸이었던 시절의 한때를 곱씹는, 묘하게 달콤한 맛.

이런 나도 아직 주춤거리는 음식이 있는데, 아이 입에

들어갔다가 나온, 형체가 뭉개진 음식이다. 문제는 이걸 기꺼이 받아먹는 강적이 바로 옆에 있다는 것.

나의 언니. 이로 짓이기고, 침으로 뭉친 밥 덩어리부터, 씹다만 브로콜리도 문제없다는 듯 환하게 웃으며 입을 벌리는 사람. 15년 전 출산을 하고, 이제는 엄마 품을 벗어나려는 두 아들을 보며 허전해질 무렵 조카를 보게 되어 조카를 향한 애정이 마르지 않는 샘처럼 솟아나고 있다는 것을 고려한다 해도 역시 나에겐 무리인, 실로 경이로운 장면이다.

아이들도 학습 완료. 먹다만 사과 조각은 엄마에게, 입에 넣었다가 삼키기 힘든 음식은 뱉어서 이모 입에 넣어준다. 어느새 이런 관행이 너무 굳어져 버려서 갑자기 못 먹겠다 하면 아이가 실망할까 봐 계속 웃으며 먹어주는 언니도 정말 대단하다. 그 모습을 보며 내 사랑을 의심한다.

아이의 모든 것을 사랑스럽게 본다 해도 도저히 저걸 입에 넣지는 못하겠는데, 내 사랑이 언니의 그것에 미치지 못하나? 물론 언니는 나보다 에너지가 넘치도록 많고, 체력도 좋은 편이라 아이들을 나보다 더 많이 안아주고,

더 신나게 놀아주는 이모다. 엉덩이를 닦아줄 때조차, "어머, 우리 둥이는 똥 냄새도 향긋해!" 거짓말도 서슴없이 늘어놓는 사람.

내가 남긴 음식을 아무렇지도 않게 앞으로 끌어다 맛있게 먹는 남자에게 마음을 빼앗긴 적이 있다. 그 순간 이후 그 사람이 진정 가까운 사람으로 느껴졌다. 반찬에서 묻어난 고춧가루라도 붙어 있으면 눈살이 찌푸려지는데, 이런 걸 개의치 않고 기꺼이 자기 입에 넣을 수 있다는 것만큼 사랑을 명백히 증명할 수 있는 게 또 있을까, 생각했던 것 같다.

그날 밤 일기엔 이렇게 썼는지 모른다. '먹다 만 음식을 공유하는 행위는 낭만적이다. 서로의 침이 묻은 음식을 스스럼없이 먹는 사이. 뽀뽀와는 또 다른 차원의 친밀감. 어쩌면 더 높은 차원의 친밀함이라는 생각.' 남편에게 내가 먹다 만 음식을 슬쩍 밀어줄 때가 있다. 그리고 별 뜻 없이 받아먹는 그 모습을 보며 흐뭇하다.

이제 알겠다. 내가 아이들 침이 스며든 음식을 초연하

게 버리지 못하는 이유. 나는 그 음식을 기꺼이 먹는 행위를 통해 나의 사랑을 입증하고 싶었나 보다. 내 사랑의 깊이가 이만큼이나 된다고, 내가 나에게 자랑하고 싶었나 보다. 오늘도 아이들이 남긴 눅눅한 시리얼을, 의식을 치르듯 정성껏 한데 모아, 입안으로 쓸어 넣으며 생각한다.
'내가 이만큼이나 너희를 사랑한다. 준과 센.'

놀러 와, 우리 집에

당신이 만약 어느 날 불쑥 우리 집을 찾아온다면 나는, 아무렇게나 그러모아 묶은 머리를 아이가 잡아당기지 않도록 둥글게 말아 상투를 틀고, 무릎이 삐죽 튀어나온 트레이닝 바지에는 허옇게 밥풀이 눌어붙어 있겠지만, 난 이런 것쯤은 개의치 않는다며 웃을 텐데, 네가 바라보기 뭣한 건 그뿐이 아니야.

아이 한 명과는 반드시 몸의 어느 부위든 맞댄 채로,

지쳤는지, 활기가 넘치는 건지 가늠하기 어려운 표정으로 너를 바라볼 거야. 아이와 상을 펴고 앉아, 해바라기씨를 까주며 하나, 둘, 셋, 넷, 다섯, 일곱, 열로 건너뛰는 숫자 세기를 하고 있거나, 서너 장씩 넘겨버려 흐름이 이어지기는 하는 걸까 싶은 이야기를, 마지막 장에 이르러 "한 번 더!"를 외치는 아이에게 여섯 번째 읽어주는 중일 수도 있고, 같은 장난감인데도 반드시 "쟤 손에 있는 저거!"를 외치며 달려드는 아이들과 몸싸움을 벌이는 중일 지도 몰라.

더 재미있는 건 뭔지 알아? 만약 네가 어제 들렀다면 이런 장면을 봤을 테고, 오늘 온다 해도 이런 모습이고, 내일 들른다고 해도, 마찬가지라는 거야. 그게 육아야.

사진 남기기

아이를 낳으면, 아이만 열심히 찍어줄 게 아니라 나도 아이들과 함께 사진을 많이 찍어야지, 하는 생각을 했었어. 아이들이 자라서, 늙어버린 나와 함께 사진첩을 넘길 때, 엄마가 네가 지금 바라보는 모습보다 얼마나 더 젊었는지, 예뻤는지 보여주고 싶은 맘이었거든.

늦게 아이를 낳다 보니, 조금 움츠러드는 마음이 있어서 더 그랬어. 아이들이 겨우 초등학생일 때 나는 50대가 될 텐데, 친구들 사이에서 "너희 엄마 나이 많으시구나." 하는 소리 혹여 들을까, 저어하는 마음이 벌써부터 들거든. 나중에 늙은 나의 모습을 보며, '엄마는 언제나 이런 모습'으로 혹시 알까 봐, 엄마도 이리 젊었다! 하고 보여주고 싶었달까?

그런데 말이야, 사진첩에 보니 죄다 너희 사진뿐이다. 너희와 함께 앵글에 담기기엔 이미 너무 늙은 느낌이야. 육아를 하는 나 자신이 자랑스럽지 않은 건 아닌데, 그런데, 이 추레한 모습을 사진으로까지 남겨둬야 하나 싶어 자꾸만 나를 빼게 돼. 그냥 투명하리만큼 맑고 빛나는 너희들만 네모 속에 담겨야 사진이 완성미 있게 느껴진달까? 사진첩을 정리하다가, 내 사진이 왜 이리 없지, 하다가 문득 서글퍼지는 밤이야.

육아로 바쁘다 하기엔

"애 보느라 바쁘지?" 하는 질문에 순간, 뭐라 답할지 몰라 우물쭈물했어. 내게 '바쁘다'라는 표현은, 해야 할 일이 여러 가지 있는 가운데, 우선순위와 효율성을 따져서 어떤 일부터 처리할지 계획을 세우고, 몸이든 마음이든 빠릿빠릿하게 움직여야만 하는 때에 쓰는 말처럼 느껴지거든. 그렇게 바쁜 날이면, 시간은 어떻게 흘러갔는지 모르게 훌쩍 자정이 지나 있을 테고 말이야.

그런 정의에서 본다면 나의 하루는 '바쁘다'하고는 거리가 멀어. 오히려 반대인 것 같아. 아이들에게 같은 책을 열 번도 넘게 읽어주었는데도 시간은 30분도 채 흘러가지 않은 때가 많고, 먹기 싫어하는 아이 입에 밥을 넣어주고, 다음 밥술을 떠서 손에 든 채로 더디게 입을 놀리는 아이 입술을 바라보는 시간은 그저 멈춰 있는 느낌이고. 또, '제발 자라, 자라.' 기도하며, 아이가 잠든 뒤 처리해야 할 일들을 머릿속에 되뇌며 아이 옆에 자는 척 누워 있는 시간은 억겁으로 느껴지거든.

그런데도 희한해. 내가 아침을 먹었는지, 뭘 먹었는지 기억에 없고, 영양제를 먹으려고 꺼냈다가, 참, 아침에 먹었지, 싶다가 아니, 어제 먹은 건가 하며 다시 뚜껑을 열기도 해. 이걸 두고, 어때? 바쁘게 산다고 표현해도 되는 걸까? 이런 바쁨은 일찍이 상상하지 못한 종류여서, 나도 어리둥절해하곤 해. 이렇게, 한 게 없는 나날이 차곡차곡 쌓이고 있어. 집 안은 엉망이고, 해놓은 일은 없는데, 꿀떡꿀떡 세월은 흘러가 있더라.

반복 재생

그러고 싶지 않은데 그럴 때 있잖아. 별로 좋아하지도 않는 노래인데, 어쩌다 보니 뇌 어느 틈새에 꽉 끼어버려서 자꾸 반복 재생될 때. 요즘 그래, 내가. '아니라고! 나는 아리아나 그란데의 노래를 부르다 자겠다고!' 아무리 나의 뇌에 애원하고, 명령해 봐도, 잠들기 전까지 내 머릿속에서 이 노래가 끊이지 않고 돌아가고 있어. "엉덩이를 씰룩씰룩쌜룩. 이쪽저쪽 씰룩쌜룩, 빙글뱅글빙글뱅글, 깡깡충, 깡충깡충, 깡깡충."

화장실 매너

"나는 아무리 그래도 문 열고 볼일 보지는 않을 거야. 그건 내가 지켜야 하는 마지막 보루야." 임신 중에 그런 얘길 한 적이 있어. 첫째 조카 석의 어린 시절이 떠올라서. 잠시도, 정말 1초도 엄마와 떨어지는 걸 견디지 못했던 석이 때문에 언니는 아이를 안고 들어가 함께 샤워하고, 화장실 문을 훤히 열고 앉아 아이와 눈을 맞추며 힘을 주어야 했지. 아이를 업고 차려내 준 밥상을 편히 앉아 받아먹었던 내가 얼마나 철부지였던지 생각하면 얼굴이 화끈하지만 어쨌든 그때 언니의 모습을 보는 내 마음은 착잡했어. 애처롭게 바라보다가도, 아이를 독립적으로 키우지 않는다며 듣기 싫은 소리도 했던 것 같아.

내가 한 그 말 때문에라도, 문은 닫고 들어가. 물론 아이 둘과 함께. 화장실 변기 앞에 작은 의자를 두 개 두었어. 두 무릎에 안고 볼일을 보는 것보다는 훨씬 수월하거든. 엄마가 볼일 보는 동안 엄마와 눈 맞추고 있는 두 아이. "냄새 안 나니?" 마냥 싱글벙글한 아이들 모습에 파핫, 웃음이 터지기도 해. 매일 아침의 일상.

나라는 본질은 달라지지 않는데 사람들은 엄마란 이름이 붙는 순간 아예 다른 사람이 되는 양 생각하는 것 같다. 아니, 사람들은 모르겠고, 내가 그랬다. 나는 우리 엄마를 엄마 이전의 사람으로 보기가 여전히 어렵고, 엄마란 모름지기, 라는 틀을 아직도 깨지 못하고 있다. 그래서인가, 엄마가 된 나를 받아들이기 어려운 것이.

엄마로 살아 보니, 엄마로 살기란 어떤 것인지 아무리 설명을 잘한다고 해도, 세상에 엄마를 주제로 한 수만 권의 책이 존재한다고 해도 온전히 전할 수 없다. 그냥 엄마가 직접 되어보지 않고서는 알 도리가 없다는 것이 나의 결론이다. 나도 엄마이기 이전에 '엄마 됨'의 무게와 고충과 암담함에 대해, 어느 정도 '안다'고 착각했었기에.

만 세 살이 되지 않은 아이를 둔 엄마에게 여가란 존재할 수 있는가? 단호히 말한다. 없다. 아이와 잠시 물리적으로 떨어져 시간을 보낸다고 해도 그것이 절대 여가일 수 없음을, 엄마가 되기 전에는 몰랐다. 아기를 낳기 전에는 아무리 아이들에게 몰두해 지낸다고 해도, 나를 챙길 줄 아는 엄마가 되겠다고 생각했다. 어떻게든 하던 공부를 마무리하겠다 다짐했다. 그렇게 계획대로 하는 것이 얼마나 버거울지 미처 몰랐다.

엄마가 되기 전 나의 구상을 돌이켜보면 헛웃음이 나온다. 아이가 태어나고 서너 달을 비몽사몽 헤매었기에 그때의 내가 어떠했는지 망망하다. 어느 날 정신을 차리고 보니 내 삶이 다른 이의 것인 양 완전히 달라져 있었다. 얼마나 극명하게 전환되는지, 그 변화에 적응하는 데 3년이 걸렸다. 그러고 나면, 엄마의 삶이라는, 제2의 인생을 살아내야 함에 조금씩 순응한다. (순응이라고 부르기엔 과정이 순하고 자연스럽지 않은 게 나의 문제였는지 모른다.)

아이를 낳은 후 다음 학기에 대학원에 바로 복학했다. 그나마 교육대학원이기에 일반대학원에 비하면 수업도 논문도 훨씬 가벼운 과정이었건만, 갓난아이 둘을 키우는 사람에게는 녹록지 않은 일이었다. 일주일에 두 번 아이를 떼어 두고 저녁에 나가 밤까지 수업을 들을 수 있을까 싶었지만, 그래서 더 재빨리 복학 신청서를 넣어버렸다. 시간을 더 지체하고 고민하다가는 영영 학교로 돌아갈 수 없을 것 같아서.

어릴 때부터 엄마를 대신해 둘째를 돌보는 다부진 첫째 역할에 익숙한 언니의 지지와 도움이 없었으면 당치 않을 일이었다. 언니는 우리 쌍둥이를 돌봐주겠다며, 살던 집을 급히 내놓고 걸어서 3분 거리의 옆 단지로 이사를 왔고, 내가 대학원 수업을 가야 하는 날엔 늦도록 남아 아이들 저녁을 책임지고, 재워주고 돌아갔다.

쌍둥이가 태어나기 전까지 엄마와 이모를 독차지하던 나의 조카들은 화요일, 목요일 저녁은 찬밥을 데워 먹는 날이 되어버렸는데, 조카들에 대한 미안함이나 안쓰러움도 애써 느끼지 않았다. 나는 엄마 됨이 아직 익숙하지 않은, 철부지 둘째에 머물고 싶었으니까.

내 눈앞에 놓인 것만 생각하고 싶었다. 대학원 석사 논문과 졸업, 어떻게든 버텨내야 하는 육아 3년, 그리고 어떻게 다시 엄마 이전의 삶으로 되돌아갈 수 있을지에 대한 계획. 이것들만으로 나는 납작 짓눌린 기분이어서 숨 쉴 시간도 없이 느껴졌다. 여가 '따위'를 찾을 계제가 아니었고, 간절히 원한다고 누릴 수 있는 때가 아니었다.

그래도 사람들이 보고 싶어서 마음이 허한 날들이 많았다. 바깥세상 사람들은 어떻게 살까, 궁금하고 그리웠다. 막상 보고 싶다고, 언제 보자고, 연락해 볼 수 있는 사람들이 많지는 않았다. 내 상황만을 앞세워 요기 우리 집 앞으로 와서 한 30분만 얼굴 보자고 요구할 수 있을 만큼 편한 사람은 몇 명 안 되었는데, 그나마도 그렇게 내 편의 위주의 만남을 두 번 정도 가지고 나면, 아무리 뻔뻔하게 살자 다짐해도 세 번째로는 도저히 그런 말이 나오지 않는다.

어떤 이들의 연락은 난처하기도 했다. 아이들에게 매여 있어서 시간을 낼 수 없다고 솔직하게 말을 하면서도, 그에게 이 말이 그대로 받아들여질지, 그저 무성의한 거절로 들리진 않을지 마음이 쓰였다. (예전의 나라면, 마음이 있다면 아무리 바빠도 시간을 낼 수 있는 거라고 강력히 믿고 있었기에 더 지레 나를 오해할까 저어되었다.)

목요일은 상담 수련하러, 수요일은 상담 슈퍼비전 받으러, 또 간혹 들어오는 일거리로 불규칙하게 몇 주에 한 번씩, 징징대는 아이 둘을 언니에게 떠넘기고 나오는 날이 일주일 중 사흘씩 되다 보니, 그냥 유희의 시간을 위해 또 육아를 부탁하기는 입이 떨어지질 않았다. 학업이나 일 때문에 아이를 맡길 때는 그래도 명분이 있다고 애써 자위하지만, 자신이 누릴 여가를 희생하며 나의 아이를 돌봐주는 이에게 내 여가를 위해 또 육아를 맡으라 하는 건 가당치 않은 일이 되고 마는 것이다.

큰 숨 한번 몰아쉬고 무리를 해서 약속을 잡은 날이면 꼭 센이나 준, 둘 중 하나가 나가는 발걸음을 붙잡아 마음을 찢는다. 겉옷을 걸치려는 순간 낌새를 알아채고 득달같이 달려와서는 옷을 못 입게 막고, 데리고 가라며 울부

짖고, 영영 못 볼 사이인 양 꺼이꺼이 울어댄다.

억지로 떼어 언니에게 안기고, 옷과 가방을 들고 후다닥 도망가듯 뛰쳐나와 문을 닫지만, 문을 뚫고 귀에 따라붙는 소리들. 그치지 않는 아이의 통곡과 어떻게든 주의를 다른 곳으로 돌리기 위해 애쓰는 언니의 목소리. 그 순간이면 엘리베이터 버튼을 누르다가도 망설이게 되는 것이다. 내가 뭐 하자고 이러고 있나, 애들은 내가 지금 필요하다는데 나 잠깐 놀자고, 못된 어미가 되어서 내가 얻는 게 뭐가 있나. 왈칵 울음이 터질 것 같은 마음이 되어서는 되돌아 들어가지도, 성큼 엘리베이터에 몸을 싣지도 못하는 마음.

이제 아이들은 세 돌을 넘겼고, 나도 조금씩 사람처럼 숨 쉬고 사는 기분이 든다. 지난 3년을 돌이켜보려고 하지만 어떻게 3년이 흘러갔는지 모르겠다. 그저 학교에서도, 집에서도 늘 발을 동동 구르는 기분으로 왔다 갔다 했다는 것만 생생하다.

이제 아이들은 유치원에 다닌다. 보내고도 몇 달은 내 시간을 어떻게 꾸려야 할지 몰라 갈팡질팡했다. 쉬고 싶은데, 놀고 싶은데 어떻게 하는 건지 기억이 안 나 어리둥절해했다. 그래도 이제는 슬슬 커피를 홀짝이며 유튜브도 봤다가, 킬킬거리며 반가운 이에게 '카톡'도 보내고, 오랫동안 못 본 이가 문득 궁금해지기도 한다. 이제야 조금씩 여가를 즐기는 법을 되찾는 중이다. 이런 내가 신기하고, 이 상황이 감격스럽다. 그러니 나와 연락이 뜸했던 그대, 주저 말고 연락주세요. 반가울 거예요, 무척.

나를 닮은 아이

나의 아들 준은 슬로 러너(slow learner), 느린 학습자다. 유치원을 옮긴지 6개월이 넘었다. 그사이 코로나19 때문에 유치원이 몇 주씩 문을 닫고 가정 보육에 매인 날이 많았다. 들쭉날쭉 등원일이 조정되는 동안, 적응할만하면 다시 집에 묶이고, 그렇게 집에서 잠옷 바람으로 뒹굴다 오랜만에 유치원에 가려니 다시 정착하는 데 시간이 걸리는 것이 당연하다, 라고 말하지만 반년이 넘었단 말이다!

오늘 아침 아이들을 유치원 앞에 내려주는데, 준이 벨트를 직접 풀더니 쏜살같이 내린 게 아니라, 쏜살같이 카시트를 타넘어 뒤로 기어오른다. 그리고 뒤 유리창과 트렁크 사이에 자신을 끼워 넣는다. 내리지 않겠다고 소리치며 좁은 틈으로 자기 몸을 구겨 넣는 아이의 발목을 잡아 끌어당기며 지지 않고 외친다. "지금 가야 해. 다른 방안은 없어!" 단호한 표정을 지어 보이지만 속은 찢어진다. 이게 대체 누구를 위한 일일까? 나 하나 편하자고 아이를 원치 않는 곳에 억지로 보내는 건 아닐까? 마음이 흔들린다.

겨우 내린 아이는 이제 계단 앞까지 엄마가 데려다줘야 한다고 주장한다. "그래, 거기까지만 데려다줄게." 그러고도 순순히 체념하지 않을 것임을 알기에 계단 앞까지의 열 걸음이 두렵다. 아니나 다를까, 계단참에서 내 겉옷을 움켜쥐고 놓아주지 않는다.

어디서 그런 강한 아귀힘이 나오는지, 얼마나 필사적인 거부인지 고스란히 느껴진다. 울음소리는 유치원 건물을 뒤흔든다. 이 순간 가장 필요한 것은 신속함이다. "준아, 즐거운 시간 보내!" 외치고, 마스크 위로 아이 이마에

키스를 하고, 문어 빨판 떼어내듯 준의 양손을 떼어내고, 마음이 아픈 만큼에 비례하는 빠른 속도로 돌아서서 달려 나간다. 오랜 기간 유치원에 적응기를 겪는 '프로 떼어놓기 엄마'로서 알고 있는 법칙이다. '이별의 시간은 짧게!' 차로 돌아와 집으로 운전해 오는 길에 비로소 마음 놓고 소리 내 울었다.

아이를 키우며 나의 유년기를 상기하는 때가 많다. 준의 모습은 어린 나의 모습이다. 낯선 것에 겁이 많고 새로운 건 두려운 어린아이. 그게 나였다. 맞벌이 부모의 아이였던 나는 엄마 없이 홀로 덩그러니 남겨지는 상황이 늘 무서웠다. 무서웠지만 익숙했다. 엄마는 일하러 가고 없으니까.

어릴 때부터 어느 기관에 가든 남들보다 서너 배는 오래 적응기를 가져야 했다. (적응기를 가졌다는 건 엉엉 울면서 다녔다, 의 순화된 표현이다. 남들은 한 달 울었다면, 나는 서너 달, 길게는 6개월 넘게 울며불며 꾸역꾸역 다녔다.) 그나마 덜 울었던 곳은 미술 학원이라고 했다. 잠시나마 그림 그리기에 몰두하면 두려움을 깜박 잊기도 했으니까. 하지만 내 기억엔 그조차 무서운 공간으로 기억된다. 미술 학원답지 않게 조명이 그리 밝지 않았고, 선생님의 목소리 톤이 날카로웠던 그 공간.

준을 데리고 처음 스케이트장을 간 날. 스케이트를 신기고 준을 얼음 위에 내려놓는 순간, 그가 외쳤다. "나는 미끌미끌한 걸 싫어해!" 그보다 며칠 전엔 씩씩함을 심어주겠다는 마음으로 태권도장에 데려갔다. 쩌렁쩌렁한 관장님의 목소리는 준을 움츠러들게 했다. "나는 시끄러운 소리를 싫어해!"(자존심은 강해서 무섭다는 표현은 절대 안 하고, 다른 핑계를 잘도 만들어 낸다.) 이런 모습 모두, 너무도 나다. 하긴, 나의 아들이니 나를 닮을 수밖에. 그러고 보면 나의 실수다. 준이 무서워할 걸 알았으면서 그걸 극복하길 바라며 억지로 밀어붙인 나의 잘못. 이렇게 소극적인 모습을 어서 깨뜨려줘야 한다는 조급함이 나를 재촉한다.

나는 할 줄 아는 게 별로 없다. 언니가 초등학생 내내 스케이트 대회를 다니며 메달을 딸 때 나는 새벽마다 일어나 따라다니면서도 한 번도 얼음 위에 서본 적이 없었고 수영, 검도, 테니스, 탁구 모두 언니 옆에 서서 구경만 했다. 그나마 내가 배울 수 있었던 건 몸을 크게 움직이지 않아도 되는 것들. 서예, 글쓰기, 그리기.

겁이 많아 경험하지 않으려 했던 많은 것들에 대해, 다 자란 내가 얼마나 아쉬워했는지, 아이에게 모두 설명해주고 싶다. 나의 아이는 그러지 말았으면 했기에 안타까움으로 속이 탄다. 이런 준을 대체 어찌하면 좋겠느냐고 훌쩍이는 내게(그러고 보니 여전히 나는, 예전의 나와 다르지 않다.) 남편이 물었다. 안 하겠다고 버둥거릴 때 어땠냐고. 어른들이 어떻게 해주었다면 그 두려움을 깨고 나설 수 있었을지 얘기해달라고.

놀랐다. 어린 시절 내가 도전적이지 못해 아쉽다는 생각은 늘 했지만, 어른들이 어떻게 해주면 좋았을까에 대해서는 생각해본 적이 없었다. "처음엔 무섭지, 그렇지만 하다 보면 괜찮아져."라는 말로 설득하며 나를 밀어 넣었던 어른들. 나는 괜찮아지질 않았는데, 괜찮아질 것 같지 않은데 엄마 아빠는 내 말을 들어주지 않았다. 그때 나는 소리 죽여 외쳤다. "아니라고, 아니라고!"

강요된 도전은 나를 공포로 더 몰아넣을 뿐이었다. 무

서움을 티 내지 않기 위한 필사의 노력들도 새록새록 기억이 났다. 오랜 감정을 되살리니 고스란히 살아나는 것이 신기하다. 그동안 나는 이 감정을 다시 느끼고 싶지 않아 애써 묻어 두었다는 걸 깨달았다. 그리고 새로운 생각을 할 수 있었다.

준이 어떻게 느끼고 생각할지 나는 알겠다. 나를 닮은 아들이어서, 내가 헤아릴 수 있어서 다행이다. 준에겐 시간이 필요하다. 들어서기 전에, 남들보다 더 관찰할 시간을 주어야 하고, 남들보다 천천히 손을 넣고 발을 넣는 신중한 타입이라고, 그 모습에 대해 충분히 존중해주어야 한다고, 남편에게 설명해 줄 수 있었다. "준이는 슬로 러너야. 그건 그냥 그렇다는 거지, 나쁜 게 아니야. 좋고 나쁘고는 없어. 맞지?"

그러나 사실 나는 두렵다. 이건 그저 자기 위안을 위한 눈가림에 다름 아닐까 봐. 한참 미흡한 것을 두고 슬로 러너(slow learner)니, 레이트 블루머(late bloomer)니 이름을 붙여가며 그럴듯하게 포장해주는 건 아닐까. "부족한 게 아니야, 그저 다른 것뿐이야. 개개인의 특성을 존중하자."라고 나에게 주문 외듯 중얼거리지만, 실은 내 마음 깊은 곳에서는 이건 뒤처짐에 대한 변명일 뿐이라고 생각하고 있는 건 아닐까. 사실은 이런 나의 진짜 생각을 아이에게 들킬까 봐, 그게 두려운 건 아닐까.

그런 면에서 나는 여전히 슬로 러너, 레이트 블루머를 낮게 평가하는 나와의 싸움을 벌이고 있는 중이다. 그래도 괜찮다고, 아니 그래도 충분히 멋지고 존중받을만하다고, 내가 나를 믿기까지 나는 여전히 시간이 필요하다. 난 준과 똑같은 슬로 러너니까.

자동적 사고

아이를 바라보다 기분이 좋아져 나도 모르게 웃음 짓는 순간이 있는데, 자주는 아니고 간혹 있는데, 그때를 잘 기억해야 한다. 워낙 찰나로 지나가서 금세 잊히고, 나중에 '뭐더라, 뭐더라? 훽 하고 지나간 벅찬 기쁨이 무언가 여하튼 있었는데!' 하고 막연한 느낌만 남아 안타까움에 이마를 두드리고, 가슴을 쳐봐도 떠올리지 못하는 때가 많으니까.

원래 그런 것인지 모른다. 부정적 감정은 여운이 길어

서 잊지 말아야지 다짐할 것도 없이 절로 진한 잔재가 남지만, 좋은 느낌은 휘발성이 강해서 붙잡아두려 해도 금세 사라지는 법인지도. 그래서 다시 떠올리려 해도 잘 안 되니까 이렇게 기록해 두어야 한다. 그중 하나는 이런 때이다. 내가 갖고 싶었으나 끝내 갖지 못한 것을 아이가 갖고 있다는 것을 발견하는 때.

산책길에 강아지를 만났다. 동네에서 몇 번인가 마주친 적이 있는 강아지였다. 강아지도 우리가 낯설지 않은지 목줄이 허용하는 한껏 준이 곁까지 와서는 냄새를 맡는 듯 큼큼거리고 지나갔다. 준이 말한다. "멍멍이가 세준이 예쁘다고 뽀뽀하고 가네." 그 말이 너무나 듣기 좋아서 함박웃음을 짓고야 말았다. 준은 그렇게 생각하는구나!

어떤 상황에 직면했을 때 그 상황을 이해하는 방식은 저마다 다르고, 그렇게 인식된 주관적 경험이 객관적 사실에 우선해 삶에 영향을 미친다. 그 개인의 사고 흐름을 심리학 용어로는 '자동적 사고'라고 부르는데, 준의 자동적 사고가 너무나 사랑스러웠다.

센을 빤히 바라보게 될 때가 있다. 가늘고 빨간, 갓 태어난 작은 새처럼 내 눈앞에 놓였던 첫 만남을 떠올리면, 지금의 센이 그때와 같은 존재라는 생각이 들지 않을 때가 있다. 언제 이렇게 뼈가 굵어졌는지, 이 작은 입에 언제 이런 언어가 담기게 되었는지 마냥 신기하게 느껴질 때가 있다. 그럴 때면 노는데 몰두한 센을 굳이 불러서는 "센, 엄마 좀 봐봐!" 하면서 눈맞춤을 하고 싶어진다. 그렇게 눈을 맞추고 나면 이런 말이 절로 흘러나온다. "아휴, 너무 예뻐!"

몇 번이나 그랬을까? 센이 내 눈길을 느낄 때면 놀다 말고 휙 돌아보며 말한다. "나, 너무 예뻐?" 자만도 자아도취도 아닌 진짜 순도 높은 천진함. 엄마가 센을 바라보면 센의 자동적 사고는, '내가 예뻐서 보는구나'로 흘러가는 거다. 그게 너무 좋다. 뿌듯하다.

누군가의 시선을 느끼면 나는 움츠러든다. 내 행동이 거슬리나? 내 옷차림이 너무 눈에 띄나? 남들의 관심을, 눈길을 끌어야 하는 직업을 가졌던 게 우스울 만큼 남들의 시선에 대한 자동적 사고가 부정적이었다. 남들의 시선을 갈망하면서도 막상 시선이 몰리면 부담스러워하고 숨고 싶어 하는 양가적 감정.

이런 내게, 나의 자동적 사고를 돌아보게 하는 아이들의 자동적 사고가 부럽고도 사랑스럽다. 자동적 사고라는 게 정말 자동적인 거여서, 그렇게 생각하지 말아야지, 하는 의식의 개입 전에 이미 생각의 흐름이 끝, 하고 마침표가 찍히게 되는 터라 쉽게 고쳐지지 않는다.

사람은 다시 태어날 수 없다 했지만, 나의 아이들은 마치 내가 다시 태어난 듯, 예쁘게 수정된 자동적 사고를 지닌 것 같아서 참 좋다. 날 대신해, 이런 멋진 자동적 사고를 지니고 있음에, 가슴이 벅차오른다.

센과 준은 맑은 눈으로 믿고 있다. 이 세상은 자신을 사랑하고 있다고. 자신은 의심할 여지 없이 응당 사랑받을 존재라고. 이 근거 없는 자신감은 언젠가 세상에 나아가 깨어지겠지만, 품에 안고 있는 이 시절만이라도 지켜주고 싶다.

저녁 약속

저녁 약속은 사치이다. 어렵지 않게 이 현실을 받아들였다고 생각했다. 아이들이 채 두 돌이 되기 전이었나, 이른 저녁에 하는 행사가 있어서 사회를 보러 나갔다가 연사들의 인사말, 축사 등등이 너무 길어지는 바람에 아이들 재우는 시간에 맞춰 들어오지 못한 적이 있다.

사회자석 단상 아래 디디고 서 있는 발이 저절로 동동 굴러졌다. 행사를 끝내고 인사도 하는 둥 마는 둥 달려 나와 눈에 불을 켜고 운전하는 차 안으로 아이들의 울음소리가 웅웅 스며들었다.

10시가 넘어 집에 도착했을 때 아이들은 잠들어 있었다. 나는 아이들의 비명을 들은 듯했는데, 숨 안 쉬고 달려온 내가 머쓱할 만큼 집 안은 고요했다. 아이 아빠는 한 명은 아기띠로 안고, 한 명은 유아차에 태워 서성거리며 재웠다고, 30분밖에(?) 안 울었다고 자랑스럽게 말했는데 어쩌면 거기서부터 삐끗했는지 모르겠다. '그래, 잘했다. 30분이면 양호하구나.' 했어야 했는데, 환청처럼 아이들의 울음소리를 들은 나는 그게 잘 안됐다. 엄마 없이 울었을 30분이 사무치게 아팠다. 그리고 생각했다. 더 이상 자리를 비울 수 없겠다고.

그렇게 내가 나를 자꾸 집 안에, 아이 옆에 끌어당겨 묶어놓는다. 아이에게 지금 내가 꼭 필요하다고 느끼는 순간도 있지만, 그저 나의 지나친 우려인 때도 있다. 걱정 초과. 아이들을 집에 두고 외출해야 하는 때면, 엄마 없이 놀고 있을 아이들의 침울한 표정을 떠올린다. 혹시 지금 울고 있는 건 아닐까 생각한다. 조급한 마음으로 후다닥 일을 해치우고 돌아오면 엄마 안 찾고 잘 놀았다는데, 그 말도 내심 곧이듣지 않는다. 아이가 표현하지 않았다고 해도 엄마의 부재 자체가 아이에겐 고난이었을 거라며, 짠한 마음으로 아이 머리를 한 번 더 쓰다듬는다.

알고 있다. 아이를 보며, 실은 어린 시절의 나를 바라보고 있다는 것을. 나에게 엄마의 부재는 아주 어릴 때부터 익숙한 초기값이었다. 내가 태어나던 때부터 지금까지도 일하는 엄마. 다른 엄마와 다른 나의 엄마가 자랑스러웠고, 지금도 다르지 않다. 하지만 자랑스러움이 결핍을 이기지는 못했다. 어린 내가 엄마에게 바란 건 다름 아닌 존재 자체였다. 그냥 있기, 내 옆에.

엄마 없이 해결해야 했던 많은 것들을 그럭저럭 해내며 자랐다고 자부했는데, 뭐든 '알아서 스스로'가 익숙했는데, 어느 순간, 그렇게 자란 내가 가여워졌다. 그 유년기가 쓸쓸해, 한기가 몸에서 떠나지 않는 것 같았다. '이런 느낌이야말로 대물림하고 싶지 않아.', '이 고리를 끊어내야 해.' 팽팽하게 불러오는 배를 쓰다듬으며, 두 아이에게 약속하게 되는 것이다. "엄마는 너희가 필요할 때에는 언제든, 너희 곁에 있어줄 거야."

다행인가? 머지않아 정신이 들었다. 아이에게 필요한

것은 '만신창이 엄마의 있어주기'가 아니라, '가끔은 부재해도 기능하는 엄마'였던 것이다. 아이에게 엄마의 존재가 당연하지만, 그렇다고 분신도 아니고 그림자도 아닌데, 언제나 24시간을 공유한다는 것 또한 자연스럽지 않은 일이다. 그러므로 나는, 내키지 않더라도 가끔은 엄마의 부재를 선물해주기로 했다. 마음이 편치 않을지라도 언니에게, 남편에게 육아를 맡기고 저녁 약속을 잡는다. 이번엔 석 달 만이다. 유쾌하고 편한, 오랜 나의 사람들과 근사한 레스토랑에서 저녁을 먹기로 했다.

지난주부터 은근히 기다려졌다. '뭘 입고 가지?' 하는 생각도 했다. 들뜨는 이 마음이 석 달에 한 번 정도는 필요하다. 존재해도 부재하는 엄마(물리적인 존재함보다 심리적인 존재함이 더 중요하다. 마음까지 온전히 아이 곁에 있기 위해서는, 아이 곁을 떠나 있는 순간이 반드시 필요함을 깨닫게 되었다.)가 아니라, 몸과 마음이 온전히 함께하는 엄마이기 위한 일이다. 엄마에게도, 저녁 약속은 필요하다. 아이에게도, 엄마 없는 저녁을 '즐길' 기회가 되기를 바라며 의식적으로 발걸음 가볍게 문을 나선다.

너는 너고 나는 나니까

준과 센. 너희 생일 케이크에 네 개의 초를 꽂으며 엄마는 다짐한다. 너희의 것을 엄마의 것인 양 착각하지 않을게. 너희가 무언가 놀라운 성취를 보여준다면, 물론 뿌듯하고 자랑스러울 거야. 아직 다섯 살인 네 그림이 반듯해 보이는 것만으로도 어깨가 으쓱해지는 걸 보면, 너희가 커가며 또 어떤 걸 하나씩 이뤄나갈지 설레며 기대하게 되니까.

하지만 그럼에도, 너의 것을 나의 것인 양 오해하고

싶지는 않아. 네가 뭔가를 잘 해내는 걸 바라볼 때면 기분이 무척 좋아지겠지만, 그렇게 길러낸 나의 공인 양 우쭐해지고 싶지는 않아. 단지 "우아, 좋겠다. 축하해!"라고 말해주고 싶어. 나의 것이 아닌, 너의 것임을 분명히 해주고 싶어.

네가 잘해서 내가 기쁘다가 아니라, '네가 잘했고, 그러니 네가 기쁠 테고, 너의 기쁨을 바라보는 나도 기쁘다.' 이런 순서였으면 좋겠어. 이 순서가 헷갈리지 않고, 잘 가면 좋겠다. 이걸 헷갈리지 않도록 엄마는 노력할 거야. 다행인 건, 엄마는 그런 착시를 갖기 어려운 유형의 사람이더라. 엄마는 네 것 내 것 구분이 확실하거든. 그걸로 아빠가 서운해하기도 했는데 말이야, 여튼.

그러므로 엄마는 너의 성취를, 너의 기쁨을, 기꺼이 축하해주기 위해서 엄마의 성취도 빠뜨리지 않고 챙길게. 엄마가 너의 결실에 매달리느라 엄마 걸 소홀히 한다면, 그래서 정작 엄마는 뭔가 이루지 못한다면, 엄마는 무척이나 헛헛해져서는 괜히 내 것이 아닌 너희의 것에 연연하게 될지도 몰라. 그건 정말 별로다. 그치?

뭘 이리도 당연한 말을 하느냐고? 알아. 엄마도 아는데, 혹시 너희가 커가는 동안에 깜박 잊는 순간이 올까 봐 적어둔다. 너의 성취에 대해 아낌없이 축하를 건네주는 엄마가 되기를, 또 엄마도 너희에게 축하를 받을 수 있도록, 엄마 삶의 실현도 놓지 않기를 바라며, 생일 축하한다. 나의 아들, 나의 딸.

엄마를 따라

유난히 편식이 심했던 나는 기꺼이 먹는 음식이 딱 세 가지였다고 했다. 시금치, 콩나물, 그리고 우유. 언제나 바빴던 엄마는 내가 맛있어하는 것보다는 필요한 것에 방점을 찍어 음식을 만드셨다. 말하자면 간단한 식재료로 단백질, 비타민, 무기질을 조화롭게 구성하기가 엄마가 중시하는 핵심이었다.

그러다 보니 도시락에 들어가는 계란말이며 두부 동그랑땡에도 언제나 내가 싫어하는 당근이 잘게 다져져 들어 있었고, 내 밥은 쌀보다 콩이나 보리가 더 많은 잡곡밥이었다. 집에서는 영양소 파괴가 적다며 생채소가 식탁에 많이 올랐고, 김도 참기름 들기름 바른 김보다 그냥 구운 김이 올랐다. 대체로 그런 식이었다.

이런 어른 위주의 식단에 나는 늘 불만이 많았고, 음식을 골고루 먹이겠다며 나를 붙잡는 엄마와 자주 실랑이가 벌어지곤 했는데, 생생히 기억나는 장면이 하나 있다. 먹지 않겠다고 손으로 입을 막은 나를 달래며 엄마가 생굴을 입에 쏙 넣어준다. "이건, 바다의 우유야. 단백질." 그 물컹한 촉감과 비릿한 냄새 때문에 온몸에 소름이 돋은 나는 그 자리에서 먹은 걸 왕창 토해냈다. 그러곤 식탁에 토했다고 혼이 났는데 그게 어찌나 억울하던지, 오래 서운했던 기억이 난다.

센에게 밥을 먹이다 흠칫 놀랐다. 내가, 엄마의 말을 그대로 하고 있었다. "센아, 여기 단백질, 이거 비타민도 먹어야지." 엄마의 양육 방식 하나하나가 얼마나 무섭도록 진득하게, 촘촘히 내사되어 나의 육아 장면에 끼어드는지, 나도 모르게 피식 웃고 말았다.

시장 입구부터 고소한 튀김 냄새가 났다. 쉽게 사주지 않을 것임을 알았지만 나보다 언니의 공세는 또 쉽게 꺾지 못하는 엄마가 핫도그를 하나씩 사주었다. 드문 기회니만큼 황홀경에 빠져 한입 한입 경건하게 먹는 우리에게 엄마는 끝내 이런 말들을 늘어놓곤 했다. 이걸 튀긴 기름이 꺼멓더라는 둥, 속에 든 소시지에는 열 종류가 넘는 화학 성분이 들어 있다는 둥. 이왕 사주는 거, 마지막 한입까지 기분 좋게 먹을 수 있게 좀 허락해 줄 수는 없었을까.

이제 내가 센, 준에게 그러고 있다. "준아, 센아, 오, 잠깐만. 아이스크림을 그렇게 많이 먹으면 배가 아파! 이제 그만 내려놓자!" 이제야 엄마의 속내를 헤아리게 되었다. 엄마의 말을 마음을 기울여 듣고, 그 음식을 좀 덜 좋아하게 되었으면 하는 마음. 안 좋은 성분이 든 것을 뻔히 아는 사람으로서, 그 음식을 그토록 행복하게 만끽하는 모습에 마냥 함께 좋아해 줄 수가 없는 엄마의 마음. 나의 아이에게 좋은 것만 먹이고 싶은 엄마의 마음이었다.

엄마가 되어 엄마를 조금씩 이해하기 시작한 나는, 엄마 '따라쟁이'로 오늘도 단백질과, 탄수화물, 비타민, 무기질이 균형 있게 들어가기를 바라며 아이의 입을 억지로 벌리고 있다. 엄마가 입에 넣어준 음식들이 싱겁고 맛없다고 그토록 투덜거렸건만, 나도 똑같이, 나의 아이들에게, 말하고 있다. "여기 단백질 한 입, 그담에 탄수화물 한 입, 그리고 비타민도 먹자."

이렇게 하면 어때까?

내가 하는 말을 고대로 따라 해서 섬뜩하니 무서워질 때도 있지만, 때로는 내가 한 적 없는 말을 해서 나를 놀라게 하기도 한다.

요즘 준의 표현은 주로 "어때까?"로 끝난다. 이런 청유형의 말이 너무나 듣기 좋아서 나도 모르게 허허 웃고 허락하게 된다. 그 문장도 대체로 정해진 구조가 있는데, 주로 자기가 하고 싶은 행동은 문장 뒤에 놓고, 앞에는 엄마가 원할 내용을 넣어 대구를 이룬다. 엄마의 반복되는 요구를 어느결에 깨치고, 엄마의 말을 들어주는 대신 자신이 원하는 것을 쟁취하는 방식.

"엄마, 나 밥 다 먹고 나서, 이거 먹으면 어때까?" 하며 두툼한 젤리 봉투를 흔들고,
"유치원 갔다 와서, 엄마랑 놀면 어때까?" 가기 싫음이 눈망울에 가득 고인 채 차에서 내리며 말한다.

그런 너를, 어떻게 사랑하지 않을 수 있겠니. 이번엔 내가 준에게서 배운다. 점점 뾰족해지고 짧아지는 남편과의 대화 어미에, 준의 '어때까'를 넣어본다.

"남편, 이것 좀 치워! 주면 어때까?"

비교

센보다 준이 간지럼을 잘 탄다. 센을 간지럽히는 건 시시한 일이건만, 준에겐 손가락 하나만 갖다 대면 까르륵까르륵, 도무지 멈추지 않는 웃음소리를 건질 수 있다.

센은 준보다 잠드는 시간이 짧다. 하늘로 솟구칠 듯 에너지를 뿜어내다, 폭죽이 터진 뒤 까만 하늘처럼 순식간에 화르륵 기절하고 만다. 반면 준이 잠드는 모습은 구멍이 작게 뚫린 치약 짜기 같다. 가늘고 길게 에너지를 뿜아내다 마지막 한 줄기를 지저분하게 징징징 짜내고는,

뒤척뒤척 꾸물꾸물 조금씩 눈이 감긴다.

센과 준은 모두 노래를 좋아한다. 준은 같은 노래를 반복해 듣는 걸, 센은 새로운 노래를 찾아 듣는 걸 좋아한다. 스킨십에 대한 애정도 참으로 다르다. 준은 엄마 손을 끌어다 자기 얼굴을 덮으며 만져달라 하고, 센은 얼굴이며 엉덩이며 나도 모르게 쓰다듬고 있는 손을 귀찮다며 뿌리친다.

준이 자주 하는 말, "엄마, 나 대단하지요?". 작은 성취에도 칭찬을 요구하는 아이. 센이 자주 하는 말은 "엄마, 내 말 들었어?". 자기 이야기를 귀 기울여 듣고 있는지가 중요하다. 준은 "엄마, 사랑해요! 뽀뽀해 줘야지." 말하며 달려와 얼굴을 비비지만, 센은 "엄마, 나 사랑해요?"라고 확인하며 거울에 자신을 비춰본다.

이런 비교는 재미있다. 비교를 해야 한다면 다만, 이런 비교만 할 것이다. 그 자체로 온전한 사랑스러움에 대해, 그 세세한 묘사를 위한 비교. 누가 더 습득력이 높은지, 그래서 누가 더 공부를 잘할 것 같은지, 혹은 누구의 성격이 더 육아하기 편한지 따위로는 비교하지 않을 것이다. 그러지 않겠다고 다짐하는 밤.

존재의 힘

나도 그랬다. 그냥 엄마랑 있으면 좋았다. 엄마가 나랑 놀지 않아도, 부엌에서 달그락거리는 소리만으로 충분했다. 비로소 마음 편히 내 일에 몰두할 수 있었다. 집이란, 엄마가 들어와야 비로소 나에게, '집'이었다.

바쁜 엄마는 집에 와서도 나와 시간을 보낼 여유가 없었지만, 늘 엄마의 퇴근을 기다렸다. 엄마가 집에 있으면 안심이 되었다. 따뜻하고 편안했다. 내 하루에 마침표가 찍힐 수 있었다.

내가 누군가에게 있어 그런 의미를 가진다는 것은 가슴 벅찬 일이다. 일을 마치고 아이들에게 달려가며 느끼는 갈급한 초조가 좋다. 띠 띠 띠 띠, 현관문 비밀번호 누르는 소리에, 저 안에서부터 다다다 달려오는 아이들의 발소리가 들린다. 고조되는 흥분. 전속력으로 달려와 신발도 채 벗지 않은 나에게 앞다투어 안겨드는 아이들. 이 순간을 위해 나는 일하러 나간다. 엄마라는 존재의 힘을 만끽하기 위해, 밖으로 나간다.

'워킹맘'이기는 하지만 나의 일은 꽤나 불규칙적이다. 간혹 정기적인 일이 들어오기도 하지만, 대개 단발성의 녹화를 제안받는다. 그마저도 자주 들어오는 게 아니건만, 아이들이 세 돌이 되기 전에는 5시간 이상 집을 비워야 하는 일은 되도록 맡지 않았다.

저녁에 해야 하는 행사도 거절했다. 8시부터는 아이들을 씻기고 책을 읽어주고 재워야 하는 때니까. 이건 반드시, 엄마가 해야 하는 일이니까. 아이들에게 안정적인 취침 환경이란 엄마의 품이니까. 그렇게 묶여 있었는데 아이들이 대상 영속성을 알만큼 충분히 자랐다는 것을 확인하면서, 내가 없는 밤에 대한 공포도 조금 줄었다. (아이들의 공포가 아니라, 실은 나의 공포였음을 고백한다.)

그러니 이젠 일을 좀 더 자주 하고 싶다. 밖에서 스트레스도 받으며 일하고, 그 찌든 피로를 아이들의 격한 환영의 포옹으로 스르르 녹이며, 그렇게 지내고 싶어진다. 그럴 때면 아이들은 나의 손길에 담긴 '함께 있어주기'의 힘을 만끽하고 충만해지겠지.

부재는 존재의 힘을 기르기 위해 존재한다. 부재를 알고 비로소 존재의 감사를 아는 법이니까. 언제까지일지 모르지만, 성대한 환영의 퇴근길을 위해, 앞으로도 열심히 일을 찾아 출근길에 오르고 싶다.

Part 3.

나를 배우며, 사람을 배우며

그래, 다른 거 하자

생각해보지 않은 것은 아니다. 아나운서 말고 다른 일. 아나운서의 일이란 아무리 부정하려 해도 드러나는 외모나 이미지로 평가되고, 나이를 먹으면 자연스럽게 탱탱한 젊은이에게 자리를 내주고 물러나는 게 순리로 여겨진다. 특히 여자 아나운서의 실질 수명은 길지 않다는 것을 느끼는 순간이 많았기에 막연히 마흔 이후에는 다른 일을 찾는 게 어떨까, 생각은 했었다.

그럼 어떤 일? 방송만큼 짜릿하게 재미있고, 버젓하게

생색도 나고, 사람들의 찬사를 받는 일이 또 있을 수 있나? (나는 이런 것을 추구하지는 않았다고 말하고 싶지만, 자연스럽게 길들여져 있었던 건 부정하지 못하겠다.)

굳이 포장하자면 나는 '대중에게 끼치는 선한 영향력'이란 것을 즐겼다. 특히 라디오 방송을 좋아했는데, 내 이야기를 들어주는 누군가가 있다는 자체가 벅찬 기쁨을 주기도 하지만, 실시간으로 나의 말 한마디 한마디에 피드백을 받는 게 진짜 재미있다. 내가 뭐라고, "힘내요." 한마디에 감동받고, "생일 축하해요."라는 말을 굳이 내 목소리로 듣겠다고 구구절절 사연도 써주며 애정을 주니 정말 내가 대단한 이라도 된 듯 취하게 된다. 사랑받는 기분이란 아무리 넘쳐도 마다하고 싶지 않은 거니까. 이런 달콤함을 대체할 무엇이 세상에 존재할 수 있을까?

다디달았지만 이젠 내 것이 아님을 직시하고 다른 데로 눈을 돌려야 한다. 내 인생의 '영광의 시대'는 막을 내렸고, 이제 새로운 걸 찾아야 한다. 그래도 영 막막하기만 한 건 아니었다. 아직 확신할 수는 없지만, 조금은 결이 비슷한 무언가를 염두에 두고 있기는 했다. 심리 상담.

내가 나의 일을 사랑했던 이유가 누군가에게 긍정적인 영향을 줄 수 있어서였다고 한다면 심리 상담은 조금 더 밀착된 형태로 행하는 비슷한 역할일 수 있겠지.

실은 오래전부터 심리 상담을 공부하고 싶다는 생각은 있었다. 회사 생활이 생각처럼 풀리지 않아 힘들 때, 마음이 복잡하고 울적할 때면 대중 심리서를 찾아 읽으며 답을 찾으려 애썼는데 그러다 보니 점점 흥미가 자라났다. 휴직을 하고 대학원에 진학해 심리학을 공부해보는 건 어떨까, 상상하며 괜히 캠퍼스를 찾아 기웃거린 날도 있었다. 그러다 얼떨결에 회사를 관두고 나니 이제 남은 선택은 이거구나, 싶어진 거다.

내가 갈 수 있는 대학원이 있을지 알아보니 상상이 깊어진다. '상담사 최현정'이라고 나를 소개할 때 기분은 어떨까? 아, 내 상담소를 차려야지. 이름은 뭐라고 지을까? 열린 마음 상담소, 포근 상담소, 안아드림 상담소.(나중에 검색해보니 내가 상상한 이름 대부분은 이미 있었지만.) 그래, 진짜 자신 있는 사람은 그냥 이름으로 말하지. 내 상담소는 '최현정 상담소' 하자!

일을 벌이려면 일단, 김칫국부터 마시는 게 옳다. 상상만으로 심장이 뛰었고, 나는 이게 확신의 신호라고 느꼈다. 나의 두 번째 커리어는 상담사다!

대학원을 갔고, 공부를 즐겁게 했으며, 우수논문상도 받아봤다. 거기까지는 딱 좋았는데, 그러고 난 뒤가 진짜 힘들다는 걸 느끼는 하루하루를 보내고 있다. 자격증까지의 길이 이토록 지난할 수 있다는 것을 역시 난 계산하지 못했다. 한국상담심리학회 1급 상담심리사 자격증을 따기 위해서는 400회가 넘는 상담과 50회의 슈퍼비전, 60시간의 집단 상담 등 무수한 수련을 3년 넘게 쌓아야 한다.

나의 상담 수련은 달팽이 걸음이다. 달팽이는 그래도 전진만 하던데, 나는 앞으로 나아가는 듯하다가도 아주 오래 정체하다, 또 어느 때인가는 뒤로도 미끄러졌다 하며, 그저 버티는 것에 의미를 두고 있다. 그러다 힘이 빠질 때면 가만히 입속으로 중얼거려본다. "안녕하세요. 상담심리사 최현정입니다."라고. 없는 시간을 쪼개어 수련을 어떻게든 마치고, 시험을 통과해 자격증을 따고 나면, 힘들었던 만큼이나 나 자신이 자랑스러울 거야, 하고 나에게 이야기해주며.

확신에 대하여

나의 세 번째 상담사. 그와 만나는 날이면 은근히 긴장하고 동시에 설렌다. 나도 모르게 아침부터 분주히 마음의 준비를 하고 있다. 쏟아낼 준비. 이야기를 봇짐에 꾹꾹 눌러 담아 짊어지고 상담실을 들어선다.

보따리에는 나의 미해결 과제 리스트가 차곡차곡 순서를 기다리고 있다. 우리의 시간은 한정되어 있으니 나는 어서 목록의 맨 윗줄부터 하나씩 꺼내 전시하듯 펼쳐 보여야 한다. 그러면 몇 년째 끙끙거리고 있는 이 골칫거리를 상담사가 투명하게 꿰뚫어보고 속 시원하게 정리해 주길, 더 고민할 것 없이 이쪽이 맞다고 방향을 가리켜줄 수 있길, 내심 기대하면서.

그날도 정신없이 쏟아내고 물었다. "선생님, 저는 왜 이럴까요?" 나는 질문이 많은 내담자다. 상담실에서 가장 많이 하는 말은 "선생님, 이런 제가 이상한가요?" 나의 생각, 나의 행동에 대해, 어린아이처럼 자꾸만 묻는다. 오케이 사인을 달라 매달린다. 언제나처럼 선생님의 대답은 짧았고, 더 많은 설명을 요구하는 내게 말했다. "나도 몰라요, 그냥 던져본 거예요." 김빠지게, 그랬다.

나의 상담사는 확신의 말을 피했다. 내가 원했던 것은 O와 X로 갈리는 선명한 이분법이건만, 선생님은 유연하게 피해 간다. 마침표를 찍지 않고 다시 나에게 물음표를 던지곤 한다. "어떤 것 같아요?" 나의 종종거리는 마음을 알면서, 칫. 실제로 이렇게 대답한 적은 없지만 속으로는 여러 번 외쳤다. "선생님, 그냥! 정답을 좀 알려주세요!"

명쾌한 정답지를 받아들고 싶다. 이렇게든 저렇게든,

결론이 담긴 것이 필요하다. 하지만 대부분의 사안에 대해 선생님은 확언하지 않는다. 답을 손에 잡는 것도, 또 그것이 정답이라 말하는 것도 여간해서는 대신해주지 않는 인색한 사람. 순간순간 서운하고 답답한데, 그 덕에 신기한 경험을 한다.

말이 길지 않은 선생님을 대신해 내가 이런저런 말을 덧붙이다 불현듯 깨닫는다. 내가 답을 알고 있었구나! 때로는 50분 내내 허우적거렸지만 손에 잡은 게 없이 상담실을 나서서 집으로 돌아가는 길 위에서 깜짝 놀란다. 횡단보도를 건너 휘적휘적 걷는 내 손에 어느덧 답이 달랑달랑 걸려 있었다. '이게 언제 내 손에 들어왔지?' 싶게. 따사로운 햇살이 남몰래 나에게만 반짝 윙크를 해준 그 순간의 그 느낌을 잊지 못한다.

그녀는 내가 맞다고도 틀리다고도 말하지 않는다. 그런 그와 열 번을 넘게 만나면서 나는 이상하게도 그게 참 좋아졌다. 편안했다. 확신하지 않는 그의 태도가 얼마나 확신에 차 있는가를 역설적으로 깨닫게 되었다. 그는 나를 평가하지 않겠다는 확신에 찬 태도로 나를 대해 주었다는 것을, 뒤늦게 느끼게 되었다.

내가 상담사의 위치로 자리를 바꿔 앉으며 벌인 나와의 첫 싸움도 이것이었다. 확신과의 싸움. 욕구가 치밀고 올라온다. 확신에 찬 말을 해주고 싶은 욕구. 해주고 같이 후련해지고 싶은 거친 욕망을 느낀다. "당신의 문제는 이거군요!"라고 확신에 찬 말을 내뱉고 그렇게 찾아낸 내가 자랑스럽다는 듯 씩, 웃음 짓고 싶다. 그러곤 재빠르게 이렇게 저렇게 해보라는, 처방까지 착착 제시해주고 싶은 들끓는 마음. 그 충동에 몸이 떨릴 지경이다. 상담 초심자가 상담 전문가로 보이고 싶은 이 허무맹랑한 과욕. 아, 새삼 놀란다. 나의 이 얄팍한 욕구의 이 무한한 깊이란!

상담하는 분을 만나 은근히 기분이 상한 적이 있다. 첫 만남에서 잠깐의 대화 후 그가 말했다. "불안이 높으시군요." 그의 분석은 이러했다. 그와의 시간 5분 동안 한 손으로 옷깃을 자주 여미는 나의 행동이 눈에 띄었다고. 그런 비언어의 언어가 분석의 힌트가 된다고, 그는 의기양양 웃었지만 나는 슬며시 화가 났다.

동의할 수도, 부정할 수도 없는 그의 말은 실로 별 의미가 없다. 나는 그날, 머플러를 깜박 차에 두고 내린 탓에 목 언저리가 서늘해져서, 자주 옷깃을 세워 목을 감쌌다. 나에게 그럼, 그의 말이 틀렸느냐 묻는다면, 틀렸다고 말할 수도 없다. 세상에 불안을 느끼지 않는 사람이 존재할 수 있을까?

나는 매사가 불안하다. 아이들 도시락을 싸려면 6시에 깨어나야 하는데, 진동 알람을 놓칠까 봐 불안하고, 그 알람에 혼자만 깨야 하는데 아이들까지 같이 깰까 봐 불안하고, 새로 만들어 볼 치킨 데리야키가 생각만큼 맛있게 만들어질 수 있을까 불안하다. 그러니 이런 말들은 누구에게 해도 "어머, 족집게네!"라는 말을 들을 수 있다. "불안이 높군요." "우울감이 있으시죠?" "겉으론 웃고 있지만, 안에는 슬픔이 있죠?" 따위의 말들. 그런 말에 현혹되지도, 쉽게 수긍하거나 부정하지도 말지어다. 상담에서 가장 피해야 할 것 중 하나를 '쉽게 단정 짓기'라고 적어 두고 싶다.

확신에 찬 사람이 부럽다고 오래도록 생각했었다. 확신 없는 내가 아쉬웠다. 나에 대한 확신, 나의 결정에 대한 확신, 그 어떤 것도 나에겐 부재했으니까.

확신이란 자신감과 맞닿아 있는 것이어서, 어서 삶에 자신감을 키우고, 그리하여 언젠가는 확신이란 녀석을 손아귀에 잡아내야 하는 것으로 생각했었다. 이젠 생각이 달라졌다.

확신에 대한 의심이 중요하다고 느낀다. 믿어 의심치 않는 것의 위험성도 겪게 되었다. 너무 확신하는 순간 경직된다는 것을 안다. 삶에서도, 상담에서도 쉽게 확신하지 않고 싶다. 내가 안다고 생각했던 그 정답이 순식간에 뒤집힐 수 있음을 생각하는 미확신이야말로 상담사의 중요한 덕목이라고 생각한다.

상담사는 내담자에게 진정 도움이 되는 것이라면 무엇이든, 그것이 자신의 말을 바로 정정해야 하는 부끄러움이라고 할지라도, 기꺼이 그렇게 할 준비가 되어 있어야 한다. 그런 말랑한 태도가 내가 원하는, 확신에 찬 상담자의 모습이다. 그게 진정한 상담사의 자신감이라고 믿는다. (나는 언제쯤 자신감에 찬 상담사가 될 수 있을지, 그게 진정, 확신이 없다.)

엄마, 그리고 나

전문 상담사가 되는 과정 안에서 중요하게 꼽히는 것 중 하나가 '교육 분석'이다. 상담자가 되고자 하는 사람이 내담자가 되어 자신의 내면을 분석하는 상담을 받는 것을 말한다. 자격증을 취득하는 데에 있어 의무 사항은 아니지만, 상담이라는 서비스를 제공하는 사람이 되기 전에 상담 서비스를 받는 사람, 즉 내담자로서의 경험을 가지는 것은 큰 도움이 된다.

교육 분석이라는 거창한 표현을 굳이 하지 않더라도,

상담사가 되고자 하는 사람은 자신이 내담자였다가 이왕 지사 내가 나를 좀 상담해보자, 라는 심산으로 상담사가 되겠다고 작정하는 경우도 많아서 상담자는 필연적으로 내담자이다.

처음 상담을 받은 건 대학원 2학기 즈음. 교육대학원 상담교육학과에 들어가면서 당장 상담을 시작할 줄 조급하게 기대하고 있었지만 1, 2학기에는 상담 이론에 대한 개괄적인 이해라든가, 논문 작성에 필요한 교육 연구 방법론 같은 수업을 주로 들어야 했다. '상담 이론과 실제' 중에서 어서 '실제'에 들어서고 싶어 안달이 났다.

찾아보니 학교 안에도 상담 기관이 여러 개 있었다. 그중 가까운 건물에서 진행하는 상담 프로그램을 발견했는데, 지금의 나처럼 상담사가 되기 위해 수련 중인 대학원생이 상담을 해주는 것이었다. 반갑게 접수를 하고 나의 첫 상담자를 만났다.

처음 내담자가 되어 상담을 받는 나도, 그 나름 상담사의 전문성을 보여주기 위해 노력하는 수련생이었던 그도 긴장했던 것 같다. 우리는 열의가 넘쳤지만 이 상담을 어디로 어떻게 끌고 갈지에 대한 지도는 가지고 있지 않았다. 그리고, 판도라의 상자가 열렸다.

상담을 해보면 신기한 공통점이 있다. 많은 사람이 첫 상담에서 어린 시절의 상처부터 이야기한다는 것. 나도 그랬다. 첫 만남에서 마치 내 삶의 역사를 모두 고해바쳐야만 하는 듯 어두웠던 유년기와 암울했던 청년기, 여전히 불안한 현재까지 다 훑어 들려주려 했다. 마치 그렇게 하면 상담사가 내가 어떤 사람인지 다 이해할 수 있을 것처럼. 그리고 '그렇다면 앞으로 이렇게 살아라.' 하고 지침을 내려줄 것을 기대한 사람처럼.

상담사의 안내에 따라 떠올린 유년 시절의 한 장면은 텅 빈 집에서 혼자 울고 있는 나의 모습. 일곱 살의 나는 집 안을 천천히 돌아다니며 엉엉 큰 소리로 울고 있다.

안방에도, 작은방에도, 부엌에도 아무도 없다. 아무도 없는 걸 너무나 잘 알면서, 내 울음소리는 나만 듣고 있는데, 왜 그렇게 이 방 저 방 다니며 큰 소리로 울었을까? 가만히 있기에는 너무 무서워서 뭐라도 해야 했는데, 그게 고작 소리 내 우는 것뿐이라니. 어리석게도 왜 그랬는지 모르겠다는 나에게 상담사는 눈물을 글썽였다. 그 어린 나를 좀 애정을 들여 바라봐주라고. 그리고 말했다. "그 아이는 정말 외로웠겠네요." 눈이 번쩍 뜨였다.

그때까지 막연히 나의 유년기는 밝지 않다, 정도로 묘사했었는데, 그 전체를 표현할 감정 단어를 찾았다. 외로움. 어린 시절이 한 단어로 정리되자 서러움이 몰려왔다. 그랬구나. 나는 외로웠던 거구나. 걷잡을 수 없는 눈물이 흘렀다. 어린 내가 불쌍하다는 생각이 그제야 들었다. 상담사와 나 사이에 놓인 탁자에는 네모난 티슈 상자가 나를 올려다보고 있었고, 그것이 눈물에 대한 허락 같아 콧물을 팽팽 풀어가며 맘껏 울었다.

아직도 논리적인 연결을 짓지 못하겠다. 왜 그런 화살표가 생겼는지. 어린 나에 대한 연민이 걷잡을 수 없는 분노로 변했고, 그 분노의 화살은 엄마로 향했다. 나의 외로움은 다 엄마의 부재 때문이라고 느껴졌다.

엄마가 없어 서러웠던, 위축되었던 순간들의 기억이 와르르 상기되기 시작했다. 한 번도 오지 않았던 운동회며 소풍부터, 우산 없는데 비 오는 날, 도시락이나 체육복을 두고 온 날 등, 다른 엄마라면 달려와 주었을 것 같은 순간들이 떠올랐고, 마음 안에 한 줄만 남았다. "내가 엄마를 필요로 할 때 엄마는 내 곁에 있지 않았다."

나의 첫 상담은 이렇게 준비 없이 풀어 헤쳐졌다. 그동안 나는 엄마와 잘 지내고 있었다. 아니, 투덕거리고 짜증 내다가도 어버이날이면 고맙고 미안하다는 말을 담은 손편지와 함께 용돈을 건네는 딸. 여느 평범한 모녀 관계였다. 그런데 갑자기 엄마가 세상에서 가장 원망스러운 존재로 둔갑했다. 엄마에 대한 미움이 회오리바람처럼 나를 휘감고, 나는 찬바람 쌩쌩 부는 거리에 내동댕이쳐졌다. 그런 느낌이었다. 뿌리부터 흔들리는 느낌이 바로 이런 거구나, 싶은 나날이 시작되었다.

상담 초기에, 준비 없이 어린 시절을 들추어내고, 또 그 시절을 단순하게 한두 마디로 정리해 버리는 것은 위험하다고 지금은 생각한다. 어린 시절 기억 중 이보다 유쾌하고 행복했던 시간도 있었을 텐데 외로움을 반박할 장면은 머릿속에서 지워지고, 나의 외로움을 뒷받침할만한 장면들만 끊임없이 추가되었다. 확증 편향.

나는 때늦은 반항아가 되어버렸다. 오랜만에 만난 딸 밥그릇에 고사리나 쑥갓을 얹어주는 엄마에게 "나, 이거 안 먹는다고! 그것도 몰랐지? 나한테 관심도 없잖아!"를 외치고, "고3 때 '백일주'라며 처음 술을 마시고 울고 있을 때, 엄마는 왜 우냐고, 뭐가 힘드냐고 한 번 묻지도 않았어!"라며 20여 년 전 이야기를 꺼내 엄마를 당황케 하기도 했다.

이건 뭐 마흔이 다 되어 찾아온 사춘기도 아니고, 나도 이런 내가 당혹스러웠지만, 엄마도 어찌할 줄을 몰랐다. 엄마의 표현 그대로 '지금까지 한 번도 속 썩인 적 없는 착한 딸'이 상담을 공부하더니 다른 사람이 되어버린 것이다. 그렇게 다 큰 딸이 친정에 가서 한바탕 폭풍을 일으키고 나면, 죄책감이 무한히 밀려왔다. 엄마를 괴롭히고 나를 괴롭히던 시간이었다.

시간이 걸렸다. 새로운 상담을 시작했고, 여러 책을 찾아 읽었다. 엄마와 나를 다시 바라보기 위해. 엄마와 내가 맺고 있는 관계의 모습을, 그 순간순간의 장면을, 감각을, 생각을 되짚으며 깨달았다. 엄마를 원망하는 마음이 부지불식중에 마음 깊은 곳에 자리하고 있었고, 그것이 때를 기다리다 터져버렸다는 것을.

엄마의 사랑을 의심하지 않지만, 엄마의 사랑이 내가 원하는 방식이 아니었음을 알게 되었다. 엄마는 나에 대한 기대가 높았다. 엄마의 바람은 내가 이룬 것보다 어느덧 한 계단 위로 넘어가 있곤 해서 숨이 막혔다.

될성부르지 않았던 아나운서가 되자, 엄마는 메인 뉴스 앵커가 되는 건 어렵냐 물었고, 상담 심리를 공부하겠다고 대학원에 들어가니, 이젠 학위를 따서 교수가 되라고 말한다. 엄마에게 소리친다. "제발 엄마 꿈은 엄마가 이루라고! 내 미래를 엄마가 꿈꾸지 마!" 그러면서 생각했다. '난 더 이상 엄마의 소망을 내사하지 않아, 나도 이제 자아 강도가 강해졌어.' 아닌 것 같다. 여전히 엄마의 바람을 고스란히 품에 안고, 겉으로만 소리를 박박 지른다. 아니라고, 아니라고. 부정하고 있지만 마음이 조급하다.

어서 엄마의 소망을 이뤄내야만 하기에 아무것도 안 하는 중에도 속은 바쁘게 종종거린다. 그러니 나는 화가 난다, 엄마의 꿈을 이루지 못한 나 자신에게. 나의 분노는 사실, 나를 향해 있다.

내 능력치를 뛰어넘는 엄마의 소망, 욕망, 어쩌면 욕

심. 그것 또한 나를 향한 사랑임을 이해한다. 엄마가 채 이루지 못한 것들을 내가 이루어주길 바라는 마음. 나를 그만큼 자신과 동일시하는 것이다. 엄마에게 나는, 그 자신과도 같은 존재다. 엄마는 엄마 자신을 사랑하는 그만큼 나를 사랑한다.

엄마는 아직 나를 자신에게서 떼어놓지 못한 채 여전히 꿈을 꾸고 있다. 나의 꿈인지 딸의 꿈인지 모르는 꿈을. 어쩌면 나도 다르지 않았던 것이다. 나도 여전히 내가 엄마고, 엄마가 나다. 그래서 그토록 힘들었다. 엄마를 향한 미움, 그 극한까지 치달아본 뒤에 깨달았다. 엄마를 미워하는 일은 결국 나를 미워하는 일이 된다는 것을.

엄마의 잘못이 아니고, 나의 잘못도 아니다. 그저 서로에게 적당한 거리를 두는 방법을 몰랐던 것일 뿐. 건강한 관계란 분화가 잘 이루어진 관계라고, 상담심리학에서 말한다. 적절한 분리와 독립, 그리고 융화. 그 적절한 정도가 어디까지인지, 계속해서 그 지점을 찾아가는 것이 나에게 숙제일 것이다. 아니, 분화가 덜된 우리 모녀의 공동 과제일 것이다.

오늘도 여전히 나는 엄마가 미웠다가, 엄마가 못 견디게 안쓰럽고 사랑스럽다가, 또 어느 때인가는 얄밉다가 그렇게 지내고 있다. 그리고 이제는 막연히 느낀다. 아마 평생, 이러고 살겠지. 그래도 숙제를 찾아냈으니 이젠 한 장씩 풀어갈 일이다. 다행인 건 우리 둘에게 숙제할 시간이 남아 있다는 것.

이 숙제는 나에게 꽤 어려운 숙제다. 하지만 놓지 않을 것이다. 어쩌면 엄마가 돌아가실 때까지 완수하지 못할지 모르지만, 내가 죽는 날까지도 끝내지 못할 수도 있지만, 나는 내가 사랑하는 그녀를 이해하기 위해, 노트를 덮어버리지 않고 때때로 열어, 다만 한 줄씩이어도 더해 가며 살고 싶다. 우리 엄마를, 나를, 더 알아야 한다.

죽음이라는 두려움

좋아하는 작가의 책을 읽다가 밤하늘의 총총한 별을 무서워했다는 이야기에 마음이 멈췄다. 빼곡히 박힌 그 점들이 왠지 두려워 올려다보지 못했다고. 신기했다. 내겐 극한의 아름다움을 표현할 때 끌어다 쓰는 대상이 어떤 이에겐 두려움일 수 있구나.

그리고 부러웠다. 그 마음을 표현할 수 있음이. 그는 감정을 드러낼 수 있구나, 억압받지 않았구나, 하고. 나의 느낌이 보편적이지 않을까 봐, 아무도 공감하지 못할까 봐 저어하지 않고, 그런 계산 없이 마음을 드러낼 수 있는 환경에서 그는 자라났구나, 생각했다.

요즘 준의 궁금증은 생과 사에 닿아 있다. 「겨울왕국」의 엘사와 안나의 부모님이 동시에 폭풍우 속에서 돌아가셨다는 것, 부모 없이 엘사와 안나가 서로를 의지하며 살아야 한다는 것에 준은 깊은 인상을 받았다. 그는 궁금하다. 삶과 죽음을 가르는 것이 무엇인지. 그에게 내가 설명할 수 있는 죽음이란 "이제 못 만나는 거야. 엄마가 죽으면 더 이상 준을 만날 수 없고, 준이 죽어도 엄마는 준을 만나지 못해." 정도이다. 죽음을 헤아리지 못해도, 만나지 못하는 것의 두려움은 아는 준이 자주 묻는다.

"엄마, 나 죽으면?"
"너무 슬퍼서 엄마도 못 살지."

이 대답이 어떤 위안을 줄 수 있는지 알지 못하지만, 모범 답안이 아닐까 봐 두렵지만 솔직한 마음을 말한다.

그때부터였던가, 준은 자신의 요구를 관철하기 위한 방안 하나를 추가했다. "엄마, 나 돌아간다?"

죽음의 깊이를 알지 못하는 그의 엄포는 귀엽다. 그리고 나의 엄한 눈초리를 꺾는 데에 물론 효과가 있다. 영영 헤어짐을 생각하면, 지금 반드시 고수해야만 하는 것이 대체 무언가, 싶어지는 것이다. 오늘 저녁은 밥 대신 과자며 사탕이며 주전부리로 때운다고 해도 괜찮고, 잠들기 전 이 닦는 것을 깜박한다고 해도 개의치 않게 되어, 이 순간 너와 나 한 공기를 마시며 함께라는 것만으로 충분해진다.

그런 준이 오랜만에 만난 꼬꼬 할머니(아빠가 은퇴 후 닭을 기르시면서 나의 부모님은 꼬꼬 할아버지와 꼬꼬 할머니로 불리게 되었다. 친할머니, 외할머니라는 호칭이 탐탁지 않은 내게 미소를 머금게 하는 표현이다)와 놀다가 뜻대로 풀리지 않자 여지없이 엄포를 놓는다. "할머니, 나 그럼 돌아간다!" 꼬꼬 할머니는 화들짝 놀라 외쳤다. "어허! 어디서 그런 말을! 그런 말, 절대 하면 안 되는 거야!"

예상치 못한 호통에 준은 깜짝 놀라 후다닥 나에게 달

려와 안긴다. 뭘 잘못했는지 몰라 당황하는 눈빛. 그랬다. 나에게 익숙한, 엄마의 대응 방식이었다. 부정적인 생각은 서둘러 몰아내야 할 것이고, 되도록 입에 올리지 않는 것이 옳다고 생각하는 엄마. 엄마를 마주하며 느꼈던 장벽이 바로 이런 거였다. 표현하지 못하게 막는 것.

미워하는 친구를 욕하면 엄마는 말했다. "현정아, 그렇게 나쁘게 생각하는 거 아니야." 난 눈물을 삼키고, 서둘러 입을 닫았다. 그리고 외로워졌다.

따돌림의 기억

엄마에게 한번 넌지시 말한 적이 있는지, 아니면 끝내 말을 꺼내지 못했는지 정확히 기억나지 않지만, 나는 따돌림을 당했다. 고등학교 2학년 어느 무렵부터 한 무리의 아이들이 나를 미워하기 시작했다. 정확한 이유는 지금도 모르지만, 짐작해본다.

작은 도시의 여고였던 우리 학교엔 젊은 남자 선생님이 드물었는데, 새 학기에 등장한 한 선생님이 꽤 주목을 받았다. 그 선생님이 우리 반 담임이 되었는데, 어느 주말 반장, 부반장을 따로 불러 밥을 사주셨다. 어쩌다 그랬는지, 나는 반장도 부반장도 아니었건만 그 모임에 끼어 있었고, 소도시 시내의 한 낙지볶음집에서 신나게 볶음밥을 먹다 학생 몇몇과 마주쳤다. 그리고 그 이야기는 월요일 아침부터 무성하게 번져나갔다. '아무 자격도 없는 아이가 선생님의 편애로 거기 끼어 밥을 얻어먹었다!'로.

몇몇 아이들은 선생님의 열렬한 팬이었다가, 열혈 '안티'로 바뀌었고, 나에게는 교묘하게 공격적인 행동을 드러내기 시작했다. 내가 지나갈 때면, "으아, 재수 없어!"라고 외치거나, "야, 피해. 왕재수 지나가!"라는 말을 하며 까르르 웃곤 했다. 못 들은 척 평온한 얼굴을 유지하는 게 나의 대응이었고, 되도록 그 무리와 마주치지 않으려 노력하며 어떻게 내 행동반경을 줄일지 고민하는 게 내가 할 수 있는 최선이었다.

고3이 되어 그 무리의 행동은 강도를 더해갔고, 다른 몇몇 이들이 동조하면서 나를 미워하는 무리가 더 많아졌다. 고통스러운 시간이었다. 지금도 나는 학교 안에서 벌어지는 다양한 형태의 폭력에 대해 학창 시절 누구나 겪을 수 있는 일상적인 경험으로 말하는 이를 보면 분노한다. 이건 겪어도 되는 일이 아니라는 걸, 겪어보니 알 수 있었다.

이제 와 생각한다. "너희 왜 그러는 건데?"라고 나는 왜 한 번도 묻지 못했을까? 부모님이나 선생님께는 왜 말하지 못했을까? 나는 두려웠다. 나의 이야기에 아무도 마음을 기울이지 않을까 봐. 어쩌면 나는 이런 장면을 그렸던 건지 모른다. 아이들을 찾아간 엄마가 말한다.

"너 현정이에게 그런 말 했니?"
"아니요."
"아니래, 현정아. 네가 오해한 거래."

나의 상상이 틀렸을지 모른다. 엄마는 나의 말을 믿어주었을 수도 있고, 내가 오래도록 해결책을 찾지 못한 이 문제의 새로운 해법을 지니고 있었을지도 몰랐다. 하지만 그때의 나는 그럴 수 있으리라 생각지 못했다.

내 인생에서 지울 수 있는 1년이 있다면, 망설임 없이 그 시절을 선택할 것이다. 악몽이었다라거나, 힘들었다는 말로 충분하지 않은 좌절과 공포로, 동시에 나를 향해 험한 말을 던지는 그들에게도, 또 나를 도와줄 가족에게도 아무 말 하지 못하는 나를 향한 미움으로, 까맣게 채워진 시간이었다.

모든 감정은 옳다

감정을, 아니 '부정적 감정'도 입 밖에 낼 수 있다는 것을, 상담을 공부하며 뒤늦게 알았다. 익숙하지 않기에 의아했고, 다음엔 억울했다. 그래도 된다는 것을 왜 몰랐을까? 감정과 생각을 평가 없이 수용 받는 경험은 한 자아가 탄생하고 성장하는 데에 든든한 기둥을 만든다. 나의 성장기에 빠진 것이 있다면 그것이리라. 무조건 수용 받는 경험.

내가 무서워했던 것에 대해 생각한다. 나는 혼자 있는 집이 무서웠고, 새로운 환경에 적응해야 하는 것이 두려웠고, 처음 무언가 배우는 것도 힘들었다. 낯선 벌레도, 동물도, 무엇이든 새로운 것은 다 무서웠다. 그리고 동시에 이렇게 알고 있었다. 무서워하는 내가 잘못된 것이라고.

이제 나는 무언가를 두려워하는 것에 대한 배려를 생각하게 되었다. 어제 갔던 건물의 자동 회전문에 쓰여 있

었다. '어린이와 노약자는 보호자와 동행하십시오.'

'그래, 저렇게 절로 돌아가는 문이 누군가에겐 얼마나 위협적일까? 누군가 주춤거리고 있을 땐 내가 손을 내밀어줘야지. 옆에 있는 수동문도 선택지로 반드시 열어두어야 해.'

감정이란 우리의 통제력을 가벼이 넘어선다. 무서워하지 않기 위해 노력할 수 있지만, 노력으로 반드시 극복할 수 있는 것도 아니다. 험한 말을 던졌던 친구를 미워하는 감정이 그러했듯, 짓누르면 더 팽창하기도 한다. 그러므로 감정은 우선, 받아들여져야 한다. 이유를 찾는 건 그 다음이다. 무서운 것도, 미운 것도, 화나는 것도 다 옳다. 모든 감정은 옳다. 아니, 옳고 그름이 없이 그저 귀하다. 생생히 살아 숨 쉰다는 확인이고, 감정을 건강히 다루어 나갈 방법을 배울 소중한 기회이다.

그러니 나의 아이에게는 수용의 말을 먼저 할 것이다. 두려움을 자유롭게 말하도록 허용할 것이다. "그러면 안 되는 거야." 보다 "그랬구나."라는 말부터 할 것이다. 훈육의 말들은 그 뒤에 시작해도 늦지 않다. 감정을 담아내주지 않으면, 아이의 마음엔 서운함이 가득 차, 그 이후의 어떤 말도 마음에 스며들 수 없음을 안다. 수용 받지 못하는 경험은 그 자체로 너무 아프다.

엄마를 보면 안타깝다. 좋은 말만 나누고 살아야 한다는 신념의 엄마. 엄마가 누군가를 험담하거나 깎아내리는 걸 본 적이 없다. 심지어 엄마는 엄마 자신의 아픔도 입 밖에 내어 말하지 않았다. 그래서 난 잘 모르고 살았다.

요즘 엄마는 부쩍 눈물이 많아졌고 부정적 감정을 어떻게 소화할지 몰라 힘들어한다. 그런 엄마에게 나는 다정하게 이야기해주고 싶다. "엄마, 나쁜 감정도 옳은 거야. 그냥 감정은 다 맞아. 다 정답이라고. 우리 감정에도 판단의 자를 들이대지는 말자."

갑상선기능저하증

엄마와 내가 공유하는 것.

많이 있을 텐데 때로는 찾을 수 없어 헤맨다.

엄마의 행동을, 엄마의 생각을, 이해할 수 없다고 느끼는 때. 그럴 땐 우리를 이어주는 끈을 상기한다.

엄마와 나는 똑같이 '갑상선기능저하증'이잖아.

우린 둘 다 갑상선기능저하증임에도 살이 잘 안 찌고,

피곤한 몸을 원망하면서 하고 싶은 일 목록을 계속 늘리고 있고, 우린 둘 다 약은 잊지 않고 챙겨 먹고 있는지 서로를 종종 확인한다.

아침에 눈을 뜨면 우린 각자의 부엌에서 똑같이, 미지근한 물 한 컵과 함께 신지로이드 한 알을 삼키고 하루를 시작한다.

희한하다. 상담을 하면서 자꾸만 나를 알게 된다. 조급한 욕심으로는 내담자에 대한 눈이 어서 더 뜨였으면, 그래서 한 시간 안에 그에 대해 훤히 꿰뚫어낼 수 있었으면 싶은데, 돌아오는 길에 '아하' 하는 발견은 대체로 나에 대한 것이다.

상담은 두 사람이 만나 관계를 맺는 과정이다. 내담자 문제의 대부분은 그 근원이 어디에 있든 현재의 '관계' 문제로 드러난다. 처음엔 내담자가 바깥세상에서 맺은 그 관계 이야기를 따라가지만, 일주일에 한 번씩 거듭 만나며 어느덧 그 관계 맺기의 패턴은 상담자와 내담자 사이에서도 여지없이 반복되어 드러난다. 이 과정에서 내담자는 '알지만, 알지 못했던' 자신의 모습을 선명히 인식하게 되기도 하고, 때로는 거부하고 싶은 사실 앞에서 몸부림치기도 한다.

상담자는? 결이 조금 다를지라도 상담자 또한 내담자와의 관계 안에서 비슷한 과정을 겪는다. 내담자와의 상호작용 속에서 자신을 발견한다. 내담자가 들고 온 이 주제가 왜 나를 건드리는지, 무엇이 내 감정을 이토록 고양시키는지 의식될 때가 있다. 그래서 가만히 보면, 보인다. 그리고 얼굴이 뜨겁도록 부끄러워지기도 한다.

내가 한동안 (지금도 여전히) 의식한 나의 문제. 내가 얼마나 선동적인지, 하는 것이다. 나는 동화 같은 결말을 꿈꾼다. 나와의 상담을 통해 내담자는 지금까지와는 다른 새 삶을 살고, 그렇게 '그 뒤로 행복하게 잘 살았습니다'(happily ever after)라는 결말. 세상이, 삶이, 그렇게 단순하지 않음을 잘 알면서.

어쩌면 이건 상담자가 되고자 하는 사람들이 얼마간 공유하는 욕구다. 누군가에게 도움을 주는 사람이 되는 것. 이 욕구는 얼핏 타인을 향한 것 같지만, 실은 자신을 향한 강렬한 욕구다. 남을 돕는 것을 통해, 즉 그것을 수단으로 내가 '훌륭한 사람'의 위치로 올라가고 싶은 욕구. 표면적으로는 누군가 도움을 받았고, 나도 그로 인해 만족감을 얻었으니 다만 좋은 것 아니겠나 싶지만, 실은 이 마음을 경계해야 한다.

누군가에게 긍정적인 영향을 미치고 싶은 욕심, '선한 영향력'이라는 거대한 가치, 그 안에 나의 열등의식이 들어 있음을 안다. 그래야만 내가 이 세상에서 인정받을 수 있을 거라는, 껍질 벗겨진 초라한 마음인 것을.

더구나 모든 상담이 그렇게 아름답게 흘러가지 않는다. 인생에서 맑고 고운 동화는 기껏해야 한두 편이니까. 동화가 펼쳐지지 않을 때 상담사는 좌절하고, 때로 내담자를 향해 원망하는 마음, 실망하는 마음이 들어 고통스러워하기도 한다. 그런 일이 반복되면 상담의 의미를 잃고 방황의 길로 들어서기도 하고.

나의 허무맹랑한 꿈은 역사가 길다. 어릴 때 자주 했던 상상 중 하나. 모두가 잠든 캄캄한 밤, 우리 집에 도둑이 들어온다. 엄마 아빠는 자고 있고, 나만 깨어났다. 나는 거실로 나가 도둑 아저씨와 이야기를 나눈다. 도둑이 되기로 결심한 그의 기구한 사연을 들어주고, 토닥토닥, 조곤조곤 달래준다. 그는 끝내 눈물을 흘리고 만다. 그가 하려는 짓이 얼마나 잘못된 선택인지 깨우치며 조용히 발길을 돌리는 도둑. 그를 그렇게 설득할 힘이 내게 있다고 믿었다.

밤늦게 부엌 개수대에서 툭, 하는 소리가 들리면, 혹시 도둑 아저씨가 들어온 걸까, 두려움 반, 설렘 반으로 귀를 세우곤 했다. 거리에서 간첩을 만나면 내가 설득해서 손잡고 경찰서로 데려갈 수 있을 거라는 얼토당토않은 환상을 가졌다. 이런 순진한 믿음이 나를 붙잡고 여기까지 끌고 왔는지도 모르겠다.

이제 어린 꿈은 정리해야 할 때다. 당위적, 교훈적인 결말로 끌어가는 동화는 책에서 보는 것으로 충분하니까. 누군가를 변화시키겠다는 탐욕스러운 소망을 버리고, 변하지 않더라도 시도의 의미가 있고, 만약 의미가 없다 해도, 그렇다고 해도, 그 때문에 나의 존재 가치가 옅어지는 것은 아니라고 나에게 주문을 건다.

책을 펼치니 칼 로저스가 나에게 이야기한다.

"능력이 부족한 상담자일수록 자신을 귀감으로 삼고 내담자들에게 자신과 비슷하게 되도록 권유하는 경향이 있다. 유능한 상담자일수록 내담자가 자신만의 성격을 형성할 수 있도록 자유를 주고, 방해하지 않으며 상호 작용한다."(『진정한 사람되기』 학지사, 2009)

나의 내담자를 이쪽이야, 하고 마구잡이로 끌고 가지 않기를. 지금 내가 보는 이 방향은 나에게만 정답일 뿐이지 상대가 바라보는 방향과는 다를 수 있다는 것을 기억하며, 그에게 '자유'를 주며, 다만 손을 잡고 그의 이끌림에 함께 나아갈 수 있기를, 조용히 소망해본다.

울권리

라디오를 켜고 운전을 하다 가슴이 턱, 아프다. 또 울컥, 한다. 시시때때로 요즘 그러고 있다. 나를 건드리는 주 소재는 어린이의 아픔, 엄마 아빠의 희생, 그도 아니면 어려운 처지에서 발휘하는 봉사정신 같은 훈훈한 미담. 이것들은 사실 라디오 프로그램의 주요 콘텐츠이기도 하니, 일상적으로 시도 때도 없이 울컥하는 나날이다.

반사적으로 몸이 먼저 반응해 갈비뼈 안쪽이 묵직해지는 건데, 하도 자주 그러니 내가 요즘 뭐가 문제인지 곰

곰 생각하게 된다. 잠시 고민했다. 지금 울까? 아이들을 유치원에 내려주고 혼자 집으로 돌아오는 차 안이니 울기에 딱 적절한 타이밍이요, 장소이다.

작정하고 눈물을 내려는데, 어랏, 잘 되지 않는다. 울고 싶은데 울지 못하니 답답하다. 그러고 보니 최근에 울어본 게 언제인지 떠오르지 않는다. 주기적으로 울음을 빼줘야 하는 사람으로서, 요즘 관리가 소홀했군, 깨닫는다. 지금의 나는 울음의 시간을 갖지 못해서 감정 해소에 어려움을 겪는 중인 거다. 이러다 우는 법을 잃어버리게 되는 건 곤란하다.

나는 울음을 신봉한다. 이런 식으로 입 밖에 내어 말하면 조금 이상하게 들릴 것을 알지만 가히 '울음 예찬론자'라고 할 만하다. 어릴 때 울음은 언니와의 다툼에서 억지 승리를 확정 짓는 좋은 무기가 되어주었고, 그렇게 울음의 힘에 대해 익힐 즈음, 내적 자산으로서 울음의 소용에 대해서도 느끼게 되었다.

울음은 좋은 것이다. 정서 관리에 좋다. 울음이 가진 해소의 힘, 정화의 힘, 위안의 힘을 나는 믿는다.

이것을 더 정밀하게 과학적 수사로 표현하지 못하는 나의 한계가 아쉬울 뿐이다. 가슴이 답답한 건, 울어야 하는 때에 못 울어서고, 시도 때도 없이 화가 나거나 짜증이 올라오는 것도, 충분히 우는 시간을 가지지 못해서다, 라고 나는 정리한다.

울려고 할 때는 타이밍이 중요하다. 감정이 고조되어 눈물 콧물과 함께 의성어, 의태어로 묘사할 수 없는 단말마의 괴성이 나오는 그 순간을 놓치지 않고, 억누르지 말고 터뜨려야 한다. 많은 사람이 그 순간 브레이크를 건다. 사회적으로 울기에 적절하지 않은 장면인 경우가 많으니까.

그런데 그렇게 자주 멈춤 단추를 누르다 보면 몸이 그 조절 기제를 자동으로 작동시키게 되는데, 그러면 정말 울고 싶을 때도 울지 못하는 몸이 되어버린다. 그리고 그런 사람은 스트레스 해소의 유용한 도구 하나를 잃어버리는 셈이다. 영화 「로맨틱 홀리데이」에서 화려한 커리어를 자랑하는 영화 광고 제작자 아만다는 울고 싶은데도 눈물이 안 나오는 병(?)으로 괴로워하다 사랑하는 이와 헤어지는 순간, 비로소 오래 잃었던 울음을 되찾고 감격한다.

어쩌면 우리는 울고 싶어서 상담실을 찾는지 모른다. 울음을 삼키는 삶에 너무도 익숙해져서, 울음을 되찾기 위해 울음 멍석을 깔아주는 상담실을 찾아야 하는 건지도. 상담실에는 언제나 우리의 눈물 콧물을 기다리는 부드러운 티슈가 있으니까.

그럼에도 많은 사람이 울려고 왔으면서도 실컷 울지 못한다. 울음을 부끄러워하고 빨리 수습하려 애쓴다. 상담자로서는 내심 나의 내담자가 한껏 울고, 그렇게 좀 쏟아내고 가벼워지길 바라게 되는데, "맘 편히 울고 싶은 만큼 우세요." 해도 대부분 몇 분 안에 눈물을 똑 떨어내고 자세를 고쳐 앉곤 한다. 우리는 오래도록 그렇게 사회화되어 왔으니까.

나도 그러고 있다. 편하게 생각하는 내 사람에게도 어느 땐가 맘 편히 울지 못하고 눈물을 삼키게 되었다. 나의 울음에, "너 이렇게까지 힘들었구나?" 하며 너무 큰 걱정을 안겨줄까 봐 참았고, 내 울음의 이유가 그가 보기에 합당하지 않아 보일까 봐 참았다. 어른이 울어야 하는 정도의 사건이란, 조금 더 무거운 무엇이어야 한다는 사회적 압박을 느끼며.

그래서 나는 제발, 울음이 더 일상이 되기를 바란다. 말하다 보면 침이 튀듯, 말하다 보면 눈물이 나기도 하는 거라고, 그렇게 아주아주 가벼운 일로 여겨주면 좋겠다. 울음이라는 이 행위를 과소평가하고 싶다. 울음에 대해 더 무심했으면 좋겠다, 우리 사회가. 그래서 울기에 적절하지 않은 시간, 공간이 점점 좁아져, 결국 사라지면 좋겠다. 울기 좋지 않은 시공은 없다고, 네가 울고 싶어질 때가 진정 울어야 하는 때라고 마음 편히 사람들에게 알려줄 수 있기를, 나는 바란다.

울음이란 일찍이 우리가 언어를 습득하기 전 우리에게 언어가 되어준 가장 원초적이고 본능적인 도구 아니던가. 말로 표현되지 못하는 이 감정 덩어리를 표출하기에 이보다 더 좋은 것을 알지 못한다.

센이 엄마가 자신을 무릎에 앉히고 쉬를 해야 했는데, 혼자 몰래 쉬를 해서 서운하다며 운다고 해도, 그 정도 사건도 충분히 그녀에게 울 만한 근거가 됨을 우리가 수긍

해준다면, 어른에게도 비슷한 아량을 베풀어줄 수는 없는 것일까. 오늘 한 된장찌개가 뜻밖에 맛이 없다며 울 수도 있고, 벼르고 별러 미용실에 가 머리를 다듬고 새로운 색을 입혔건만, 맘에 들지 않는다고 꺽꺽 울 수도 있는 것이다. 나는 그랬으면 좋겠다, 다른 사람들도. (그래서 그러는 내가 이상한 사람으로 보이지 않으면 좋겠다.) 오늘은 아이를 데리러 나가며 차 안에서 화창한 날씨를 핑계로 실컷 울어볼 참이다. 가슴이 뻥 뚫리도록.

나를 배운다

"그러니까, 지금 수련 중이시라는 거죠?"

내담자가 건넨 첫마디에 나는 훅, 기선 제압을 당했다. 우리 사회에서 상담자와 내담자는 그다지 수평적인 관계가 아니다. 주로 서양에서 발전한 많은 상담 이론에서는 상담자, 내담자의 동등한 관계를 상정하고 있지만, 한국에서는 상담자가 선생님이라 불리는 경우가 흔하고, 내담자는 자신의 남모를 고민을 털어놓을 준비를 하고 오기에, 상담사를 정말 선생님 모시듯 어려워하기도 한다.

내가 지금껏 만난 내담자는 대체로 이 한국 정서를 크게 거스르지 않는 분위기의 사람들이었다. 그녀는 달랐다. 나보다 조금 어려 보이는 그녀가 간단히 목례만 하고 자리에 앉기도 전에 던진 말에 나는 주춤했다. '아직 전문 상담사가 아니라는 거잖아?' 하는 느낌. 고개를 끄덕이며 담담한 표정을 지었지만, 실은 가슴이 뛰고 긴장되었다. 명함이 없는 궁핍을 순식간에 들킨 느낌이었다.

방송 일을 하면서 프로그램 덕분에 내로라하는 사람을 만날 기회를 많이 가졌다. 유명 인사를 만나는 것이 내가 대단한 사람이어서라고 착각하지 않기 위해 노력하기도 하지만, 동시에 나는 시청자를 대표해 그들을 만나는 것인 만큼 상대를 과하게 떠받들거나 너무 저자세가 되지 않고 중심을 잡기 위해서도 노력한다. 그렇게 10여 년의 방송 경험을 통해 웬만큼 대단한 사람을 만나도 주눅 들지 않도록 단련되었다고 생각했는데, 그녀 앞에서 나는 심장이 쪼그라들고 얼굴이 굳어졌다.

미소를 지어 보였지만, 긴장한 근육이 슬며시 떨렸다.

똑 부러지는 말투, 빠른 말의 속도, 책상 아래로 발을 뻗어 내 정강이를 툭 치고도 사과 한마디 하지 않는 무신경함이 위협적으로 느껴졌다. 그녀를 만난 지 1분도 채 지나지 않아 그녀로부터 멀어지고 싶은 마음을 다잡느라 애써야 했다.

우리에게 주어진 50분을 어떻게 보냈는지 모르겠다. 그녀는 하고 싶은 말이 많았고, 나는 집중해서 들으려 애썼지만 긴장한 자신이 지나치게 의식돼서 머릿속이 엉망이었다. 마칠 시간이 되자 그녀는 다음 상담 약속을 확인하고는 쌩 일어나 사라졌고 나는 멍하니 남겨졌다.

이후로 우리가 열 번의 상담을 모두 끝내고 마지막 작별을 고할 때까지도 그녀의 퇴장 장면은 뭔가 부자연스러웠는데, 상담이 끝났음을 알리자마자 기다렸다는 듯 "네, 그럼." 하고는 용수철 튕기듯 벌떡 일어나 방을 나갔다. 그 재빠름에 나는 또 상처받았다. 뒤돌아보고 아쉬워할 것을 기대한 것은 아니라 하더라도, 나와의 시간이 그렇게나 별로였던 걸까? 1초라도 빨리 자리를 뜨고 싶을 만큼?

책상에는 그녀가 쓰고 뭉쳐둔 티슈와 한 모금 물이 남은 종이컵이 덩그러니 나를 공격했다. 주섬주섬 쓰레기를 챙기며 '나는 뒷정리해주는 사람은 아닌데….' 쓴 탄식을 뱉었다.

상담을 하는 동안, 마주 앉은 상대를 관찰하고 더 많은 정보를 찾아내기 위해 온 신경을 집중하지만, 돌아서서 찬찬히 생각하면 오히려 나를 알게 되는 경우가 많다. 내담자들은 어쩌면 나의 문제를 하나씩 짚어주기 위해 나의 내담자로 맺어지는 건 아닐까?

그녀와의 상담을 거듭하면서 조금씩 나의 문제를 의식하게 되었다. 그녀가 드러내는 행동 양식을 나의 관점으로 해석한다. 그리고 판단한다. 어쩌면 내가 그녀에게 느끼는 이 불편한 감정이 실은 내 인식 틀에 의한 것일 수도 있다는 생각을 마침내, 하게 되었다.

지금 수련 중이냐는 그녀의 물음에 상처를 받았다. 깊게 찔려 순간에 아얏! 하는 상처는 아니지만, 거친 표면을 부주의하게 휙 스쳐 살갗에 벌건 흔적이 남는 상처. 피가 비치는 건 아니라 밴드를 붙이기도 뭣하지만, 신경 거슬리는 은근한 쓰라림이 오래가는 그런 아픔.

그녀가 건드린 건 나의 자격지심이었다. 회사를 그만

두고 느낀 첫 '현타'는 사회적으로 나를 소개할 이름을 잃어버린 헛헛함이었다. 아나운서라는 직업이 내 정체성의 꽤 높은 비중을 차지하고 있었음을 회사를 나와서 알았다. 타이틀 하나를 빼버리니 나를 설명할 다른 표현을 찾을 수가 없었다.

다시 학생이라고 하기도 부끄러운 야간 대학원 학생이었다가, 졸업하고 난 뒤엔 상담심리사 자격증을 준비하는 수련생. 누군가 뭐 하는 사람이냐고 물어본다면, 전에는 뭘 했는데, 현재는 이렇고, 하지만 앞으론 무언가가 꼭 될 거라고, 참으로 구구절절 답할 것 같다.

한 단어로 나를 말할 수 없다는 것이 이토록 곤궁하다는 걸 미처 몰랐다. 얼마 전 은행에서 통장을 개설하는 서류를 작성하다 직업란을 보고 당황했다. 쓸 말을 찾을 수 없어 망설이다 '무직'이라 적었는데, 직원이 조심스럽게 정정해주었다. '주부'라고. 이 단어가 나는 왜 떠오르지 않았을까? 주부라는 이름이 내 것으로 여겨지지 않아 또 오래 마음이 주춤거렸다.

어쩌면 그녀는 그냥 확인하고 싶었을 것이다. 아는 체

하고 싶었을 것이다. '수련 중인, 열심인, 사람이군요.'라는 표현을 하고 싶었는지도 모른다. 그도 아니라면 순수한 궁금증을 담은 질문이었는지 모른다. 그녀의 한 문장을 투명하게 바라보지 못하고 날카롭게 흘겨보았다. 투명하게 보는 건 애초에 불가능한지도 모른다. 누구나 내 안경이 깨끗하다 말하지만, 실은 그렇게 믿고 싶어 하는 것에 지나지 않음을 이제 아니까. 그래도 내 시야가 맑지 않다는 것을 인정하는 것이 중요하다. 적어도 이 상처는, 그녀가 아닌 내가 만들어낸 것임을 이제는 안다.

매주 한 시간씩 이야기를 나누었건만, 쉽사리 꺼내기 힘든 깊은 속 이야기도 많이 듣게 되었건만, 나는 그녀와 헤어질 때마다 머쓱한 기분을 느꼈다. 그간 좁혀온 거리가 다시 펄쩍 멀어지는 느낌. 벌떡 일어나 쫓기듯 자리를 뜨는 그녀에게 받은 상처를 들여다본다.

내가 느낀 건 거절감이었다. 성급한 작별이 그녀가 보내는 메시지로 느껴졌다. '네 상담이 별로였어. 시간이 아깝다. 서둘러 가야지.'라는, 언어보다 강력한 말. 이 또한 뿌연 안경을 투과한, 나의 해석이었다.

안경을 닦고 그녀를 보고 싶다. 그녀는 사회적으로 편

안한 이별 장면을 연출하는 것에 익숙하지 않다. "오늘, 감사했습니다."라거나, "다음 시간에 뵐게요."라는 말과 함께 한 번의 눈맞춤으로 마무리되는, 누군가에는 자연스러운 사회적 표현이 그녀에겐 쉽지 않다. 친근함을 드러낸다거나, 감사함을 표현하는 것이 그녀는 어렵다. 그래서 많은 이가 그녀를 차갑다 말한다. 그러니 얼마나 타인과의 관계 맺기가 어려울까? 그녀는 외로울 것이다. 사무치게 홀로이면서도 어떻게 다가가야 하는지 몰라 날카롭게 자존심만 벼리며 살고 있다.

돌이켜보면, 그녀와 열 번을 만나는 동안 내내 당황하고 있었다는 느낌이다. 함께한 시간을 합하면 열 시간을 마주 앉아 이야기를 나눴건만, 나는 그녀와 가까워지는 듯도 했다가 물러서기를 반복하며 일정 거리 이상 좁히지 못했다. 상담 용어로 하자면 결국 '라포(rapport)' 형성에 실패했다는 뜻이다. 무엇이 문제였을까? 어쩌면 나는 아닌 척하면서도, 그녀가 나를 달리 봐주기를 바랐는지 모르겠다.

대우받기를 원했다. 일개 수련생이라 할지라도 상담

사의 자격으로 내담자를 만났으니, 그에 합당한(?) 대우를 해주길 내심 기대하고 있었다. 그리고 그것이 무너지자 타격을 받았다. 그녀의 '고압적인 태도'가 불편하다 말했지만, 실은 왜 더 예의 바르지 못한 것인지 언짢았다. 먹던 종이컵을 두고 나가는 모습에서 '나더러 치우라는 거야?' 하며 공격받았고, 발로 툭 건드리고도 사과 없이 지나치는 무심함에서 무시당했다 분개했다. 그녀의 행동을 내가 원하는 대로 풀이했다.

내담자가 상담자를 향해 이전 관계의 패턴을 반복하는 것을 '전이'라고 한다면, 상담자가 가진 요소에 의해서 내담자를 투명하게 보지 못하는 것을 '역전이'라고 한다. 그리고 좋은 상담사란 이런 역전이를 일으키지 않는 것이 아니라, 역전이를 자각하고 적절하게 활용할 줄 아는 상담사다.

상담사도 감정에 휘둘리고 무너지는, 한낱 인간에 불과함을 겸허히 받아들이고, 자신의 역전이를 끊임없이 성찰하고, 그것을 상담의 도구로 유용하게 쓸 수 있어야 한다는 것. 아프게, 그녀가 내게 새겨준 교훈이다.

그녀와 상담을 마친 뒤엔 늘 왠지 모르게 기분이 상하

고 풀이 죽곤 했던 나. 이런 내 모습을 정직하게 개방하고 그녀와 이야기를 나누어보았다면 어땠을까? 내가 느낀 거리감이 실은, 내가 솔직하지 못해서 빚어낸 것은 아니었을까? 그녀와의 상담은 끝이 났지만, 그녀가 남긴 느낌은 순간순간 생생하게 살아나 나를 건드린다. 이토록 진땀을 뺐던 상담은 처음이었다. 또 이런 내 모습을 들키지 않으려 이토록 전전긍긍했던 노력도 처음이었다. 나는 무시당하지 않겠노라, 전문성을 보여주겠노라 버둥거리며, 그리하여 끝내 그녀에게 인정받고 싶어 헤매었다.

그녀에게 고맙다. 나의 역전이 때문에 나는 그녀에게 유능한 상담사가 되어주지 못했지만, 그녀는 나에게 훌륭한 선생님이 되어주었다. 이제야 비로소 조금 더 분명하게 그녀를 바라보고 헤아릴 준비가 된 것 같은데, 그녀는 이제 없다.

어쩌면 나의 뒤늦은 깨달음에도 불구하고 난 여전히 그녀를 오해하고 있는지도 모른다. 그게 어쩔 수 없는 한계다. 나는 끝내 너를 모르고, 너도 끝끝내 나를 알지 못하리라는 것. 그럼에도 그렇게 함께 살아가야 한다는 것. 단지 희망이란, 그럼에도 내 앞에 앉은 그를 조금이라도 더, 알기 위해 노력하는 마음에 있는 것 아닐까?

지금도 가끔 그녀를 떠올린다. 그녀가 궁금해지고, 그녀가 애틋하다. 지금의 내가 할 수 있는 건 마음속 응원뿐이다. 그녀가 조금은 편안해졌기를, 조금은 더 삶을 즐기며 지내고 있기를.

---

* 관련한 내담자의 동의를 얻고 책에 싣습니다.
내담자 보호를 위해 상담 내용은 각색했음을 밝힙니다.

과거와 화해하기

상담실에서 선을 만났다. 네 번째 만남이던가. 그사이 많은 이야기가 오갔지만, 언제부터인가 뭔가 지지부진했다. 뜨거운 불덩어리를 가운데 두고 건드리지 못하고 주변만 빙빙 도는 느낌이었다.

처음 상담을 신청할 때 선의 고민은 남의 평가에 지나치게 민감해서 스트레스가 높다는 것이었다. 출산과 육아로 일을 놓았다가 아이들이 어느 정도 커서 손이 덜 가게 되니 다시 일을 찾게 되었다.

이전 일은 경력이 단절된 지 오래라 엄두가 안 나지만 미국에서 유학한 만큼 영어를 가르치는 일은 손쉽게 시작할 수 있었다. 얼마 전부터 일주일에 두 번씩 영어 학원에 강의를 나가기 시작했고, 이렇게 슬슬 시동을 걸어 더 나아가는 데에 문제가 없어 보였다. 그런 그녀가 두렵다고 말한다. 사회적으로 다시 인정받고 싶은 욕구는 한껏 치솟아 있었지만 제대로 뛰어들어서 하기엔 자신이 없다고.

학창 시절의 선은 뭘 하든 다 해낼 거라는 자신감 넘치는 아이였는데 지금은 그때의 자신이 믿기지 않는다고 말했다. 지금의 선은 남의 눈치 보는 게 몸에 배어 있고, 혹시나 흠 잡힐까 무서워 간단한 일에도 완벽에 완벽을 기하느라 진이 빠지도록 자신을 혹사하곤 했다.

선은 혼란스러워 보였다. 자주 물었다. 자신의 어떤 모습이 진짜인지 알고 싶다고. 늘 전전긍긍하는 지금의 모습이 자신의 타고난 기질이라면 과거의 당당한 자신을 잊고 지금에 적응해 살아가겠노라고, 그러니 답을 달라고 그녀는 말했다.

대답할 말이 막혔다. 내가 어찌 알겠는가. 여러 번 만나 그녀 삶의 많은 이야기를 들었으니, 그런 정보를 모아 그녀를 딱! 정리해 읊어주고 싶지만, 그럴 수 있다면 나의 자기 효능감도 쑥 올라갈 테지만, 어찌해도 그렇게 할 수 없다고 느낀다. 아무리 오래 본 사이에서도 그를 안다고 단언하지 못하거늘, 상담실이라는 한정된 공간에서 경험하는 선을 내가 어떻게 다 헤아릴 수 있겠는가.

예전의 활발하고 진취적인 사람이 당신이라고, 그러니 그리운 그 모습을 함께 되찾아 가자고 말한다면 구름을 잡으라는 허망한 말이 될 것 같았고, 지금이 그녀의 본 모습이니 수용하자고 말하기에도 마뜩잖았다. 곤혹스러웠고, 나도 궁금했다. 어떤 모습이 그녀의 진짜일까?

머리를 쥐어짜며 MMPI-2에 더해, SCT며, TCI 검사며 제안하려다, 퍼뜩 멈추었다. "그게 어떤 이유로 중요한 걸까요, 우리에게?" 그녀가 붙잡고 있는 이 물음이 무슨 의미일까? 그것이 우리가 들여다봐야 할 핵심이었다. 왜 그녀는 과거의 자신과 지금의 자신을 끊임없이 비교하고 있는가. 지금의 자신을 그대로 받아들이는 것이 그녀에게 큰 과제가 된 이유는 무엇인가.

첫 만남을 떠올린다. 상담을 시작할 때는 먼저 전반적

인 기초 정보를 묻는다. 그녀의 가족 관계, 학창 시절 이야기, 직장 생활 등이 거론되었다. 특히 내 주의를 끈 것은 그녀의 유학 이야기였다.

다들 수능 공부를 할 때 미국 유학을 가겠다며 홀로 SAT 학원을 찾아다니며 공부했던 당찬 사람. 결국 원하는 대로 세계 유수의 대학에 합격했다. 미국에서 보낸 그 대학 시절이 가장 빛나던 한때였다고 회고하는 그녀의 눈은 반짝였다. 그리고 그녀는 여전히 그 시절에 발목이 잡혀 있다. 온 가족의 자랑거리였던 그녀가 지금 평범하게(?) 아이를 키우며 사는 모습은 앞뒤가 맞지 않는 것이라고, 그녀는 생각하고 있다.

고백하건대, 나도 그런 생각을 했다. 첫 만남 이후 그녀에 대해 가장 뚜렷하게 각인된 인상 역시 그 대학의 이름이었다. ○○대 출신의 사람. 그 화려한 대학 졸업장이 그녀를 다시 보게 한 것이 사실이다. 그녀는 분명 사회에서 나와 같은 시선을 충분히 여러 번 경험했을 것이다. 그렇게나 훌륭한 대학을 나왔는데 어떨까? 사람들은 기대와 호기심과 시샘을 담아 그녀를 바라본다. 그런 시선이 그녀를 짓누르고, 갉아먹고 있었다.

그녀는 직장 생활을 하는 내내 수행 압박에 시달렸다. 사람들을 실망시키지 않기 위해 간단한 프레젠테이션 하나도 밤새워 완벽하게 준비하는 사람이 되었다. 다행히 사람들의 기대를 충족하며 버텨내는 듯했지만, 그녀는 점점 지쳐갔다. 그런 그녀에게 임신과 출산은 도피처가 되어 주었다. 잠시 물 아래 절박한 물장구질을 멈추어도 괜찮다는 확실한 명분.

그러나 아이들이 자라면서 손길 갈 곳이 줄자 그녀의 불안이 다시 살아났다. 이젠 다시 활약해야 하는데, ○○대 출신답게 뭔가 보여줘야 하는데, 보여줄 게 없다. 그러니 긴장한다. 그리고 자신에게 묻기 시작했다. 뭐가 문제지? 왜 이렇게 점점 자신이 없지? 예전의 기세등등하던 나는 어디로 간 걸까?

○○대까지 나온 사람이라기엔 지금 자신이 초라하다. 번쩍이는 졸업장에 걸맞은 위치에 서 있지 않다는 것이 선을 움츠러들게 한다. 자랑스러움을 되찾고 싶지만, 그 찬란히 빛나던 대학생이 다시금 찾아와주기를 그녀는 기도하지만, 과거의 그녀는 오지 않는다. '용지 걸림'으로 다음 장을 출력하지 못하고 있는 고장 난 프린터 같다. 이

전 페이지 어딘가에 끼인 종이가 앞으로 나아가지 못하도록 붙잡고 빨간 경고등만 깜박이고 있다.

한 사람을 설명하는 데 있어서 과거는 많은 것을 알려준다. 어떤 가족 안에서 자랐는지, 어떤 교육 환경을 지녔는지, 수많은 과거의 것들을 조합해 지금의 사람을 그려낼 수 있으니까.

나는 맞벌이 부모 아래 자라면서 '스스로' '알아서' '독립적으로' 해내야 했던 많은 것들에 짓눌려 지냈다. 가뜩이나 무서운 게 많았던 나는 되도록 새로운 것을 피하고 삶의 반경을 좁히는 게 안전한 길이라고 몸으로 익혔다. 과거 환경을 통해 파악하는 나는 이렇다. 이런 나의 태도가 삶 구석구석에 영향을 미치고 있다.

물론 아쉬움이 있다. 나의 부모가 나의 예민한 기질을 조금 더 이해해 주었더라면, 우리가 조금 더 소통하는 가족이었다면 좋았을 것이다. 나는 좀 더 개방적으로 내가 얼마나 무서운지, 얼마나 부모의 손길을 더 원하는지 표현하고, 또 얻을 수 있었더라면 물론, 더 좋았을 것이다. 하지만 이제 와 원망해 봤자 소용이 없다. '무언가 달랐더라면…'을 상상하면서 매여 있는 것은 부질없다.

나는 그런 축적된 역사를 안고 지금의 나로 자라났다. 지금의 내 모습이 마음에 들지 않는 순간이 많다. 그러니 더 마음에 드는 쪽으로 노력해 갖추어나가야 한다. 어른이 되었다고 해서 배울 수 없고 달라질 수 없는 건 아니니까. 과거를 무시할 수도 없지만, 과거를 붙들고 있다고 해서 달라지는 것 또한 없다. 달라질 수 있는 것은 지금이다. 지금의 나다.

이 이야기는 애틋한 나의 내담자 선에게 해주고 싶은 말이면서, 동시에 내가 나에게 하고 싶은 말이다. 이젠 제발, 과거에 매여 있지 말고, 나아가자고. 이제는 그만 뒤돌아보자고. 그녀에게, 나에게, 이야기한다.

상담을 할 때 많은 이들이 과거를 캐려고 든다. 케케묵은 옛 기억을 다 끄집어내어 조립하는 과정에서 미처 몰랐던 사실을 발견하고 당황하기도 한다.

과거의 나를 분석하고 이해하고 지금의 나와 비교하는 것이 물론 중요한 작업이 될 수도 있지만, 때로는 그저 쓸모없다. 지금의 나를 탓할 거리를 찾기 위해 과거를 헤매는 거니까. 나를 보호하기 위해 다른 무언가를 책망하고 싶어지는 거니까. 내가 그랬고, 그녀도 다르지 않다. 지금의 자신을 변명할 거리로 과거의 자신을 자꾸 끌어다 옆에 앉히고 있다. 그러면서 헛다리를 짚는다. 소심한 내가 진짜 나인가, 왕년의 당찬 내가 진짜 나인가. 답을 하자면 둘 다이다.

지금의 모습이 과거에 비해 초라해 보인다고 해도, 과거의 빛나는 내가 지금의 나를 만들어내었다. 둘은 분리되지 않는다. 다만 내가 그 과거에 매여 지금의 나를 하찮게 여기는 것이 문제다. 과거의 내가 자랑스러웠다면, 지금의 나 또한 자랑스러워야 한다. 과거를 나의 적으로 만들 수는 없다.

---

* 내담자 선(가명)의 동의로 책에 싣습니다.
  선에게 고마움을 전합니다.

나의 이상은 높았다. 좋은 상담사가 되고 싶었다. (물론 지금도 그렇다.) 그런 욕심으로 내담자 한 명 한 명에게 어떻게 좋은 상담자가 되어 줄지 생각하느라 어깨 뻐근하도록 힘주고 앉아 있었다. 그렇게 몇십 명의 사람을 내담자로 만났다. 그들 앞에서 나는 특별히, 열심히 '노오오력' 했다.

혹시 중요한 힌트를 놓칠까 작은 몸짓, 표정 하나 허투루 넘기지 않으려 긴장했고, 내담자의 말에 어떻게 반응해 주는 게 좋을지에 대해 끊임없이 검열하고 계산하느라 한 박자 늦은 어색한 대응을 하기 일쑤였다. 그러면서 끊임없이 좌절했다. 좋은 상담사가 끝내 되지 못할까 봐 두려운 순간순간을 마주했다. 이게 애초에 내가 닿을 수 있는 목표였는지 의심이 생겼다.

불빛 반짝이는 등대가 저 멀리 보이는데 등대를 향해 걸어가는 눈앞으로 뿌연 안개가 자꾸만 뭉게뭉게 솟아났다. 품이 넓은 포용력, 탄성 높은 인내력, 내담자에게 귀감이 될 언행으로 드러날 드높은 품성. 이 모든 것을 추구하는 나는 여전히, 너무도 얄팍하게 팔랑이며 한숨을 푹푹 쉬었다.

그 나날들 속 지친 어느 땐가 '에라 모르겠다' 하고, 놓아버렸다. 마구, 말하고 싶은 대로 말하고 말았다. 이 시점에서 공감이 우선인지, 반영이 필요한지, 혹은 직면의 타이밍인지, 계산하지 않고, 그냥 나오는 대로 말한 날. 나는 해방감에 전율했고, 비로소 진정 우리가 대화하고 있음을 느꼈다.

상담을 잘하고 싶어서, 상담을 특별하게 대한 나머지

상담을 딱딱한 물성의 완성체로 만들려 했다. 내가 짜놓은 틀을 내려놓고 바라보니, 상담이란 그저 한 사람이 한 사람과 진솔하게 만나 대화하는 것, 그 이상도 이하도 아니라는 것이 보이기 시작했다. 밖에서 만나는 수많은 만남과 다름이 있다면, 다만 '한 사람이라는 오직 한 가지 주제로 50분 동안 이야기하기'가 아닐까?

상담이란, 한 고매한 인격체가 무지몽매한 한 인간을 구제하거나 개조하려는 것이 아님을 기억한다. 몹시 불완전한 한 인간이, 또 역시나 불완전한 한 인간을 그래도 돕겠다고, 도와보겠다고 다가서는 그 자체가 아닐까, 생각한다. 그 과정에서 의미를 찾아야 한다고, 나는 이제 그렇게 믿고 싶다.

여전히 나의 상담은 실수투성이이고, 전진과 후퇴를 반복하며 제자리를 맴돌고 있지만, 희망은 존재한다고 믿으려 한다. 그러지 않으면 나는 끝내 '좋은 상담사' 자리를 차지하지 못할 것임을 확인하기에.

너털웃음을 지으며 나의 부족함을 드러낼 줄 아는 사람으로 내담자를 만나려 한다. 부족한 면을 들키는 것이 부끄럽지 않은, 담담하고 정직한 사람으로, '진솔한' 만남에 방점을 찍으려 한다.

대화를 나누며 나는 그의, 그는 나의 옴폭 패인 면을 발견할 테고, 혹은 뾰족 튀어나온 모서리에 부딪히기도 할 테지. 그런 면들을 서로 비비며 마모시켜 둥근 면으로 다듬어 주고, 그렇게 둥글게 기댈 언덕이 되어준다는 것, 그런 사람으로 자리하겠다는 의지를 보여주는 것이, 상담의 전부라고 말하고 싶다. 그렇게 같이 둥글어져, 여기저기 잘 구를 수 있는 사람이 되는 것. 그것이 상담의 목표라고 말하고 싶다. 그러면 된 거라고. 정체하지 않고, 이리저리 굴러갈 만큼만 둥그렇게 말랑하다면, 그걸로 된 거라고.

가만, 이건 마치 사랑에 대한 묘사 같다. 다르지 않은 이야기 같다. 어느 한쪽이 일방적으로 주거나 받는 게 아니라, 서로 더 내어주려 애쓰고, 또 뜻하지 않게 돌려받으며 둥글어져 가는 이야기. 결론이 식상하게도 사랑으로 흘러갈 것 같다. 다만 사랑이면 되는 거라는, 흔하고 뻔한 결론. 그러나 가장 정답에 가까운 결론.

꽤 오랫동안 나에게 사랑은 로맨스였다. (지금도 물론 로맨스가 부재한 영화는 보지 않는다.) 그 밖의 사랑의 형태에 대해서는 관심이 없었다. 이젠 부모가 되어, 부모의 사랑을 생각하게 되었다. 부모가 자녀에게 줄 사랑에 대해 고민하게 되었고, 헤아리지 못했던 내 부모의 사랑도 볼 줄 알게 되었다.

상담사로서의 나는 내담자를 사랑하는 방식에 대해 고민한다. 사랑이, 로맨스 말고도 더 많이, 무한히 다르게 많다는 것을 뒤늦게 배우는 나는 이제껏, 사랑의 시옷도 모르며 사랑에 대해 떠들고 살았다는 생각을 한다. 여전히 사랑의 시옷도 제대로 그리고 있지 못하지만, 그럼에도 나는 상담실에서 만나는 그를, 더 사랑할 준비를 하고 있다.

나만 안 웃어

살면서 외로운 때가 언제냐 묻는다면, 가장 절절하게 사무치는 순간은 이런 때가 아닐까? 여럿이 모인 자리, 흥겨운 분위기에 왁자지껄 이야기가 끊이지 않는다. 그리고 누군가의 한 마디에 폭소가 터지는 어떤 순간, 박자 맞춰 함께 웃고 있는 나를, 한 걸음 떨어져 또 다른 내가 보고 있다. 지금 이 웃음이 절로 터져 나온 것이 아니라 지어낸 웃음이라는 것을, 바라보고 있다.

살면서 내게는 이런 순간이 많았던 것 같다. 솔직히

신기했다, 잘 웃는 사람들이. '뭐가 저리 재미있지? 뭐가 우스운데?' 냉소적인 마음을 숨기려고 눈을 더 작게 만들며, 톤을 높여 웃음소리를 내었다. 그때가 진정 외로웠다. 여러 명이 모인 자리에서는 대체로 그랬던 것 같다.

사람과 사람이 엮인 고리, 고리가 모여 원을 만들어낸다면 나는 그 원 안에 들지 못할까 저어하는 때가 많았고, 원 안에 있어도 그 안에 정말 내가 있는지 모르겠어서 불안했고, 안에 남아 있기 위해 어떤 몸짓을 해야 하는지 늘 고민했던 것 같다. 타인과의 이질감을 극복하기 위해 노력하는 삶. 여전히 나에게 그런 삶.

어제 그 자리에서도 나는 깔깔 웃었건만, 실은, 나의 웃음은, 억지였다. 별로 안 웃겼다. 어느 정도 유쾌했다, 정도가 언제나 나의 최대치였다. 이런 고백이 나의 지인들에게 의외일 것이다. (미안합니다, 그대. 배신감을 느끼지는 마시길. 내가 웃은 건, 그 원에 함께 존재하고 싶은 나의 마음입니다. 진심으로 함께 웃고 싶은 나의 마음이었습니다.) 나는 잘 웃는 사람이니까.

웃을 때 생기는 눈가의 주름도 이제 제법 깊이 패는 나는, 잘 웃는 사람이 맞다. 상대에게 위협이 되지 않을 사람이라는 걸 전달하기 위해서라도, 나는 잘 웃는다. 그렇지만 내가 정말 되고 싶은 난, 잘 웃는 사람이 아니라, 웃음이 많은 사람이다. 이 둘은 다르니까. 어디에서 그런 까르르가 나올까 싶게, 정말 그 배 속을 들여다보고 싶게, 슬쩍만 건드려도 웃음이 팡팡 터지는, 그런 사람이 있다. 신기해서 가만히 쳐다보게 되는 사람.

다행히 주변에 그런 사람이 많다. 웃음이 많은 사람. 나의 언니가 그렇고, 차미 선배가 그렇고, 그리고 또, 나의 아들 준이 그렇다. 웃음이 터져서 할 말을 잇지 못하는 순간이 많고, 뭐가 그리 우스운지 히죽히죽 웃고 뒹굴다 제 볼일을 못 본다. 그런, 꾸며내지 않은, 진짜 웃음. 내가 오랫동안 부러워하던 바로 그 웃음이다. 그런 준을 보며 안도한다. 준이는 나처럼 외롭지는 않을 것 같아서 다행이다.

이런 아이를, 내가 낳았다니, 되었다. 나는 웃음이 많지 않고, 다만 잘 웃으려 노력하는 사람이지만, 이런 내가, 웃음이 많은 아이를 길러냈으니, 그것으로 족하다. 이런 웃음 많은 이들에게 둘러싸인 나의 삶은, 충분히 충만하다. 나의 입가에 어느덧 진짜 미소가 스민다.

꽃 선물

세상엔 두 종류의 사람이 산다. 꽃 선물을 받고 기뻐할 수 있는 이와 그렇지 못한 이. 나는 후자다. 내게 있어 꽃이란, 사치품의 최고봉이다. 나를 위해서는 산 적이 없다. 먹을 것도 아니고, 입을 것도 아니며, 그저 바라만 보는 그 물건을, 심지어 며칠 뒤엔 돈을 들여 종량제 봉투에 담아 버려야 하는 것을 왜 사는지 도무지 모르겠다. 이렇게 생각하는 내가 마땅찮다.

사람은 원래 바뀌지 않는다지만, 그 사람의 돈에 대한

관념만큼 바뀌지 않는 것도 없다. 사무칠 만큼 가난하게 살았던 적도, 돈 때문에 울었던 적도 없지만 나는 돈 쓰는 데에 인색한 편인데, 좋게 보자면 검소하다 하겠지만, 실은 단지 어리석은 것인지도 모른다.

시간을 아낄 것인가, 돈을 아낄 것인가에서 주로 시간보다 돈을 택해왔다. 이제는 그렇게까지 아끼지 않아도 될 만큼 여유도 있건만, 습관적으로 시간보다 돈을 아끼는 쪽을 선택하고 뒤늦게 후회한다. 돈은 없고 시간은 많았던 시절의 생활 습관이 깊게 스며 있는 탓이다.

언니와 나는 대학에 오면서 처음 부모와 떨어져 둘만의 경제를 꾸리기 시작했다. 그때 우리는 한 달 치 용돈을 받고 그걸 계획적으로 나누어 한 달을 사는 방법을 알지 못했다. 언니는 한꺼번에 다 써버리고는 다음 달까지 남은 날짜를 세어가며 한숨을 쉬는 유형이었다면, 나는 그 반대였는데, 일단 그저 아껴야만 한다고 생각해 지갑을 열어야 할 때마다 절절맸다. 어느 쪽이든 언제나 돈은 부족하게 느껴졌다.

언니와 나는 조금이라도 싼 곳에서 물건을 사겠다며

가까이 있는 슈퍼를 두고 먼 재래시장을 찾아 고구마를 한 보따리 사고는 왼손 오른손 양쪽에서 돌아가며 들다가 손바닥이 빨개지고 지쳐서 서로에게 짜증을 내며 들어오기도 했고, 이른 저녁 쪽잠을 자고 일어나 자정의 동대문 시장을 누비며 조금이라도 더 싼값에 예쁜 옷을 고르겠다고 헤매곤 했었다. 그런 생활은 불편하거나 힘들다기보다 낭만적이었고, 재미있었다. 우린 어렸고, 시간은 주체하기 힘들 정도로 많았으니까.

이제는 그런 게 흥겹지도 않을뿐더러 굳이 따지자면, 돈보다는 시간과 체력을 아껴야 삶이 덜컹거림 없이 굴러가도록 바뀌어 버렸건만, 그 행동 패턴은 버리지 못한 채 고스란히 젊어지고 있다. 그 연장선에서 '꽃이란 그저 돈 아까운 물건이다.'라는 관념이, 말라서 눌어붙은 밥풀처럼 내 몸 어딘가에 딱딱하게 붙어 있다.

꽃 선물을 좋아하지 않는다고 말해도 남자들은 대부분 곧이듣지 않았다. 그러다 심지어 꽃 선물을 받는 날이면 여지없이 말다툼으로 이어졌는데, 첫째, 나의 말을 귀담아듣지 않았구나! 하는 괘씸죄에, 둘째, 내 여자 친구가 무엇을 좋아할까, 하는 고민이 하나도 담기지 않은, 가장 성의 없는 선물이 꽃 선물이라고! 하는 생각 때문이다. (이제는 안다. 내가 얼마나 꼬여 있었는지.)

결혼 1주년에 자정이 넘어 들어온 남편도 꽃다발을 내밀었고, 나는 여지없이 버럭 화를 냈다. 다음 해 생일엔 조금은 진보하여, 며칠 뒤 버리지 않아도 될, 화분에 담긴 식물을 선물한 남편. (이 식물도 내 곁에 3개월 이상 머물지 못했다.) 이런 경험이 끝내 나의 관념을 바꾸지 못했다. 꽃이란 여전히, 그리 반갑지 않은, 부담스러운 짐.

선배가 놀러 온다기에 한껏 마음이 들떠 있었다. 아이 둘과 집 안에 갇혀 있는 때에 가끔 찾아와주는 손님은 상쾌한 바깥공기를 실어다 주는 고마운 존재다. 막상 오면, 허둥대며 손님 접대도 못한 채 돌려보내고 마음이 무거워지기도 하지만.

오기로 한 시각보다 늦어지기에 이제나저제나 벨 소리를 기다리던 차에 선배가 왔다. 현관문을 열자 그의 얼굴보다 신문지에 싸인 커다란 꽃 뭉치가 먼저 집 안으로 들어왔다. 꽃꽂이를 한창 배우고 있는 그는 내게 꽃 선물을 해주고 싶었다고 했다.

꽃꽂이 도구를 챙겨, 새벽 시장에 나가 꽃을 한 아름 골라 사고, 아마도 우리 집에 그런 물건은 없을 거라는 데에 생각이 미쳐 강남고속버스터미널 지하상가에 들러 꽃병까지 사 들고 온 그.

너저분한 식탁 위의 잡동사니를 한쪽으로 밀어두고, 그는 신문지를 펼쳤다. 제법 익숙한 가위질로 또각, 또각, 꽃가지를 정리하는 그를, 나는 다리 한쪽에 딸 센을 매달고, 팔로는 아들 준을 안고 서서 구경한다. 꽃 냄새와 함께 비릿한 물 냄새, 나무 냄새, 흙냄새가 훅 끼쳐온다.

'와, 상쾌하다!' 생각지 못한 일이었다. 이상했다. 육아에 찌든 나는, 머리도 매일 못 감고(혹은, 안 감고. 시간이 날 때면 씻는 것보다 휴대폰 보는 게 더 절박했다. 전화기 안에 대체 뭐가 있다고!), 기본적인 생활도 제대로 유지하지 못하며 살고 있다고 늘 푸념하는 나는, 꽃 뭉치를 들고 들어오는 그에게, 실은 꽃 따위를 즐길 마음의 여유가 없다고 말하고 싶었는데, 그런데, 그런 내가 지금 이 순간, 꽃 더미가 식탁 위에 가득 널린 이 장면이 충격적이도록 좋은 거다!

오자마자 숨돌릴 틈도 없이 꽃을 다듬는 선배가 내뿜

는 몰입의 기운, 꽃 더미에서 뿜어져 나오는 자연의 숨결 냄새, 그 모습을 신기하게 바라보는 준과 센과 나. 이 장면을, 이 기운을, 이 느낌을 딱 '캡처'해 두고 싶은 심정이었다. 행복의 순간을 그림으로 그리자면, 이 장면일 것만 같다는 생각이 들었다.

나는 이제, 꽃을 좋아하는 사람이 되었다. 삶을 대하는 태도가 다만 몇 도라도 달라졌다. 달라진 이 각도로 앞으로 나아가리라는 기대가 생겼다.

꽃을 즐길 수 있다는 것은, 삶에 있어 '여유'를 찾을 수 있다는 뜻이기에 상징적이다. 무엇보다 기쁜 것은, '사람은 달라지지 않는다'는 명제를 뒤집었다는 승리감이다. 나란 사람이 변하지 않으리라는 체념 속에, 작은 것이라 해도 달라졌다는 기쁨. 꽃 선물이 좋았던 이 첫 순간을 오래 기억하고 싶다. 고마워요, 소 선배.

남편과 나

우리에게도 그런 때가 있었다. 모든 촉수가 서로를 향해 있던 때. 일하고 남은 모든 에너지를 서로를 위해서만 쓰려고 하던 때. 지금은? 가끔은 누군가에게 묻고 싶다. 우리, 이렇게도 괜찮은 거냐고.

서로에 대해 궁금한 게 점점 줄어들고 있다. 지금 남편의 회사에서 함께 일하는 사람은 몇 명인지, 그들의 이름은 무엇인지, 그들과 함께 어떤 점심을 먹으러 나가는지, 커피를 끊은 대신 어떤 음료를 주로 마시는지, 나는 모른다.

8년 전, 남편이 스스로 회사를 꾸려보겠다며 나설 때, 새 사무실 구하는 거며, 회사 이름을 만들고, 로고를 그리고, 명함 색깔 고르는 것까지 함께 고민했었다. 주말이면 함께 사무실에 나가 사무실 어디에 공기청정기를 설치할지, 어떤 브랜드가 좋을지 살펴보고, 또 주변 맛집은 뭐가 있나 찾으러 다니고, 그렇게 함께 고민하는 것이 좋았다. 삶을 공유한다는 것, 저 앞을 가리키며 함께 손잡고 나아가는 것의 기분을 느꼈다.

이제 모든 주제는 육아에 가려졌다. 각자 알아서 자기 일을 챙겨야 하고, 아이들에 대한 문제만 유일하게 논의 탁자에 오른다. 그것만으로도 버겁고 머리 아프기에, 웬만하면 각자의 고민은 각자가 해결하는 것이 어느덧 익숙해져 버렸다.

남편은 내가 요즘 어떤 생각에 빠져 있는지 모른다. 이상 보고가 없으면 다행이라고 생각하는 듯하다. 나도 막연히 생각할 뿐이다. 남편은 우리 가족 수가 늘어난 만큼 벌이를 늘리는 데 애쓰고 있겠지, 라고.

상의하고 싶은 일이 생겨도 '남편 바쁠 텐데, 이런 소소한 것까지 신경 쓰이게 하면 안 되지' 하고 알아서 결정하고 만다. 그러다 보니 점점 '소소한' 일로 분류되는 것들이 늘어난다. 오랜만에 만난 옛 친구와는 두 시간 동안 쉴 틈 없이 떠들며 밀린 근황 체크를 하건만, 남편과 나는 서로의 근황에 대해 짐작만 할 뿐이다. 뭐, 별일 없이, 그럭저럭 해나가고 있는 거겠지, 라고.

문득 서글프다. 부부란 같은 방향을 보며 가는 거라는데, 이런 게 동지애이고, 전우애이고, 사랑보다 깊다는 우정이라는 것인지 모르겠는데, 그런데, 가끔은 같은 방향에서 돌아서서, 서로의 얼굴을 좀 살펴야 하는 거 아닐까? 문제는, 나도, 그도, 지금은 그럴 에너지가 없다는 것. 우리의 모든 힘을 아이들이 빨아먹고 있다. (다 빨아먹고 우리를 던져버린 뒤에는, 껍데기만 남아 쭈글쭈글 번데기가 될까 두렵다.)

언제쯤 우리는 다시 예전처럼 안온한 눈길로 서로를 바라보며 하루를 시작하고 마무리할 수 있을까? 그런 날이 오기는 하는 걸까? 그때 다시 마주한 남편의 모습이 너무 낯선 이의 모습은 아니기를.

이 남자

남편에게 말한다.

애들 만지기 전에 손부터 씻으라고.
옷 좀 구겨지지 않게 단정히 입으라고.
위아래 색깔을 좀 고려해서 옷을 입으라고.
계절에 안 맞는 옷 좀 꺼내오지 말라고.
머리 좀 빗으라고.
로션 좀 바르라고.

신발 끈 풀어진 채 좀 다니지 말라고.

그리고 말했다.

나를 왜 이렇게 잔소리꾼으로 만드냐고.

그날 밤 티브이 속 말끔하게 예쁜 남자들을 바라보다 생각이 났다. 내가 잔소리를 퍼부은 이 남자는, 처음 만난 날, '어쩜 이리도 털털한 사람이라니! 매력덩어리잖아!' 하고 감탄했던 바로 그 남자였다.

우울의 방

마음속에 여러 개의 방이 있다고 한다면, 그중 한 칸을 '우울의 방'이라 부르자. 이 방에 가끔 불이 켜지는 게 당연할 테고. 삶의 어느 시기엔가는 그 방이 너무도 환히 불을 밝혀 다른 방은 깜깜해 보이지도 않았었고, 또 어느 때엔가는 불이 켜질 일이 너무 없어서, 방이 점점 작아지다가 사라질 수도 있겠다, 싶었지.

오랜만에 방을 들여다본 느낌이야. 여전히, 거기, 있

구나. 확인하게 되는 밤이야. 무엇이 이 방에 불을 밝혔을까? 그 시초의 불꽃이 분명히 있을 텐데 기력이 없을 때는 그게 무엇이었는지조차 생각해내기 어렵네. 너무 자주 그 방에 불을 밝히고 살 때는, 딱히 스파크가 없이도 한 오라기 실바람에도 불이 밝혀지곤 했었는데, 이 방에 오랜만에 불을 밝히니 조금 반갑기도 하구나.

어느 때인가는 이 방을 없앨 수 있다면 없애고 다른 예쁜 방으로 바꿔버리고 싶다고 생각하기도 했지만, 이 방도 분명히 존재 가치가 있다고 이젠 믿게 되었어.

특히나 글을 쓰고 싶은 밤이면, 일단 이 방에 은은하게 불이 들어오는 게 딱 좋아. 오늘 밤은 이 방에 조금 오래 머물고 싶다. 그리고 내일 아침이면 불 끄고 나가 현실을 적당히 살다가 오자. 내가 숨어들어 지낼 이 방이 있다는 것을 기억할게. 이 방은 사라지면 안 되는 방, 내가 아끼는 방이야.

아빠는 왜

"아빠가 미안하네."

아빠는 왜, 딸이 보내는 용돈에 이런 답을 하는 걸까? '고마워'가 아닌, '미안해'가 얄미워 코가 시큰하다.

내가 아빠에게 바라는 것은, 술 좀 줄이기, 뱃살 좀 빼기, 엄마랑 사이좋게 지내기도 물론 있지만, 이 문자를 받은 오늘 나의 바람은 하나. 조금은 좀 뻔뻔해지기.

아빠가 없으면, 내가 없어, 아빠.

가족, 그 안의 나

'나는 가족 안에서 '잉여로운' 존재였다. 그리고 내 삶은 그 잉여를 부정하기 위한 발버둥으로 채워졌다.' 그럴듯한 문장을 써놓고 바라보며 울던 날이 있었다. 자기 연민의 바다에 빠져 허우적거리던 날.

언제부터 그런 생각을 했는지 모르겠다. 가족 구성원 안에서 나는 뭔가 불완전체라는 느낌. 말로 표현할 수 없는 그 느낌은 피에 담겨 내 몸을 돌고 있었는데, 그 정도로 뚜렷했는데, 적절한 단어를 찾지 못하다가 어느 날 찾았다. 잉여.

어떻게 그 단어를 떠올렸던 걸까? 상담받던 중에 불쑥 튀어나왔는데, 언어로 내뱉는 순간 선명해졌다. 뭘 모르는 어린아이도 가족 안에 맴도는 공기 속에서 냄새를 맡는다, 내 존재가 어떻게 받아들여지고 있는지. 희한하게도, 눈치가 이토록 없는 내게도, 그게 맡아졌다.

딸, 딸, 아들의 가운데 끼인 딸, 내가 일곱 살 때 우리 집 막둥이, 남동생이 태어났다. 흔히 동생을 보면 사랑을 나눠 가지게 되니 질투심에 이글이글 타오른다는데, 나는 아니었다. 그제야 나의 존재가 자투리가 되지 않을 수 있다는, 다행이야, 하는 안도감이 들었다. 남동생이 존재함으로써 나는 존재 의미를 부여받았다. 남동생을 잘 돌보는 둘째 누나.

부모님이 나를 구박한 적도 없고, 사랑을 주지 않은 것은 더더욱 아니다. 충분히 사랑받고 자랐다. 엄마가 나만 보면 내 볼에, 이마에, 머리에, 손가락에 하도 뽀뽀를 해대서 귀찮았던 기억이 아직도 난다. 아빠에게 나의 별

명은 '무르팍 귀신'이었다. 혼자 바닥에 앉은 적 없이, 늘 아빠의 다리 위에 앉아 있었기에.

그럼에도 나는 뭔가 불완전했다. 지나듯 들었던 말. 둘째'도' 딸을 낳은 엄마에게 할머니는 수고했다거나, 애썼다거나, 뭐 그런 말 한마디 없으셨다는. 그런 이야기가 대단히 충격적이라거나 섭섭하다고 생각도 안 해봤다. 그냥 그렇구나, 했다.

할머니는 잔정이 많거나 다정한 스타일은 아니었고, 때로 맛있는 음식을 해주시고, 온 가족이 할머니의 음식을 칭송하고, 상대적으로 엄마의 음식은 여전히 그에 미치지 못한다는 뉘앙스를 담은 말들이 오가고, 뭐 그랬던 장면만 뿌옇게 잔상이 남아 있다. 할머니가 편하지 않았던 엄마만큼이나, 나도 자연스럽게 할머니를 대하기 어렵게 느꼈던 것 같다.

그런 할머니가 백내장 수술을 하셨을 때 매일 아침저녁으로 안약을 넣어야 했는데, 그 담당을 초등학생인 내가 했다. 물약 방울을 다른 데 흘리지 않고 할머니 눈 안으로 조준해서 한 방울 떨어뜨리는 일과 눈꺼풀에 묻지 않도록 조심히 눈동자 안으로 연고를 짜넣는 일은 조금은 긴장되는 일이었지만, 나는 그 일을 하는 내가 자랑스러웠다. 저녁에 시간 맞춰 연고를 챙겨 할머니 방으로 들어가는 나를 보며, 아빠는 할머니께 말했다. 보라고, 현정이가 얼마나 쓸모가 있느냐고. 아빠는 분명, 그렇게 말했다.

나는 잘 컸고, 물론 더 이상 스스로 '잉여로운' 존재라고 여기지 않는다. 그럼에도 어린 시절에 몸에 스며든 그 냄새는 오래도록 남아 나에게 영향을 미쳐왔다고 느낀다. 어쩌면 안정적인 직장인이되 눈에 드러나는 일, 아나운서라는 직업을 가지게 된 것도, 또 그 일을 그만두고도 늘 누군가에게 영향력을 행사하고자 상담사가 되어 내 존재를 내세우려 하는 것도 다 연결된 하나의 욕구라는 생각이다. 내 존재가 잉여가 아님을, 존재할 가치가 있음을 확인받고 싶은 마음.

한 사람을 설명하는데 있어서 가족을 빠뜨릴 수 없다. 가족 안에서 어떤 위치를 점하느냐가 가족의 울타리를 벗어나 사회에서 자기 자리를 찾는 데에도 영향을 미친다. 가족의 모습도 역동적인 유기체와 같아서 끊임없이 변한다. 나의 위치도 변했다.

나는 아나운서가 된 이후로 엄마 아빠가 어디에서나 셋 중 가장 먼저 거론하는 자식이 되었고, 내가 보내드리는 용돈은 은연중에 나의 위치를 더 끌어올렸다. 엄마가 넌지시 말한다. "아빠가 엄마 말은 안 듣잖니. 네 말을 제일 잘 들으셔. 네가 말해봐." 이사에 대해, 차를 바꾸는 문제에 대해, 엄마는 언제부터인가 나보고 이야기를 꺼내보라고 말하곤 했다.

이런 변화가 나는 묘하게 서글프다. 그토록 절대적으로 커 보였던 엄마 아빠가 작아진 건지, 내가 너무 커버린 건지 모르지만, 이 변화가 때로 쓸쓸하다. 이 역전이 기쁘지 않다.

나는 어쩌면 우리 가족을 이해하고 싶어 상담 공부를 시작했는지도 모르겠다. 가족 안에서 나의 자리를 찾고 싶어서, 가족 안에서 한 명 한 명의 자리를 이해하고 싶어서. 나이를 먹어가며 바라보는 우리 가족의 모습은 때로 짠하고, 때로 답답하고, 또 때로는 "도무지 이해 불가야!"라고 외쳐보지만 그럼에도 자꾸만, 전보다 훨씬 많이, 이해하게 된다.

아빠의 감춰진 외로움에 대해, 엄마 방식의 헌신에 대해, 언니가 가진 첫째라는 부담에 대해, 나 때문에 생긴 동생의 상처에 대해. 이런 것들을 조금은 헤아릴 수 있게 되었다. 물론 이렇게 몇 개의 단어로 말할 수 없는 무수히 많은 이야기가 우리 가족 안에 흐르고 있다. 그리고, 나는 이제 신기하게도 그 이야기들이 다정하게 느껴지고, 아늑하게 느껴진다.

결혼을 하면서, 아이를 둘 낳아 가족 수를 늘리면서, 나의 가족은 나의 엄마, 아빠, 언니, 동생이 아니라 내가 만든 새 가족, 남편과 두 아이를 지칭하게 되었지만, 그러므로 내가 이 새로운 가족 안에서 어떤 그림을 그려나가야 할지에 대해 생각하게 되었지만, 나는 여전히 나의 원 가족이, 나의 뿌리가 되어 나란 사람을 더 잘 드러내 준다는 걸 확인하게 된다.

내가 그릴 새 그림에 바탕색을 채우고 있는 내 가족을 좀 살뜰히 챙겨야겠다고 나도 모르게, 슬쩍 다짐하게 된다. 먼저 우리 엄마에게 전화 한 통 해야겠다. 도통 전화도 없는 딸이 서운하다며, 내 목소리만 기다리는 우리 엄마니까. (퉁명스러운 내 목소리, 뭐가 그리 좋다고.)

가족이라는, 태어나 처음 속하는 세계 안에서 우리는 숨 쉬고 성장한다. 매일 들이마시고 내뱉는 그 숨결에 어떤 냄새가 배어 있는지, 한 번쯤 코를 킁킁거려볼 일이다.

내가 아이를 어떻게 느끼고 바라보는지가 어떤 냄새를 지니고 아이의 숨결에 들락날락한다. 그러니 성별을 넘어, 출생 순서를 넘어, 말 잘 듣는 아이인지 아닌지를 넘어, 그저 존재 자체로 얼마나 온전하게 완벽한 개체인지, 그 존재가 얼마나 큰 축복이며 선물인지, 나는 잊지 않고, 아이들이 하루하루 들이마시는 공기 속에 벅찬 축복의 향기만을 가득 실어주고 싶다.

(엄마의 양육 태도에 대해 자녀의 몸에 배어드는 '냄새'로 표현한 이론은 『엄마 심리 수업』(윤우상 지음, 심플라이프, 2021)에서 차용했습니다. 관심 있는 분께서는 읽어보시길 권합니다.)

에필로그

글을 쓰고 모으다 보니 책에 나를 온전히 담는다는 것이 쉽지 않다는 것을 느낀다. 글을 쌓아갈수록 감정에 취해 마구 엄살을 떨게도 되고, 나도 모르게 내 감정의 크기를 과장하거나 축소하게도 된다. 어떤 글은 그 순간 진실이었으나, 한숨 돌리고 다시 보니 더 이상 맞지 않는 이야기로 느껴지기도 한다.

책을 한 권 쓰면서 내가 얻은 변화란 이것이다. 이젠

다른 이의 글을 읽고 그 사람 전부를 알게 된 양 착각하지 않을 수 있다. 다만, 글을 쓰는 자의 진정성이란 끊임없는 자기 검열이라는 걸 알게 되었다. '내가 하는 이 말은 나에게 있어 어느 정도 진실한가?' 스스로 계속 물어야 했다.

치기 어린 투정을 부리고 있는 건 아닌지, 드라마틱하게 사건을 재구성하려고 드는 건 아닌지. 그동안 얼마나 습관적으로 많은 일을 확대해석하고, 편협하게 바라봐왔는지를 새삼 아프게 바라보는 시간이기도 했다. 글을 다시 손보면서는 문장 틈틈이 들어간 '몹시도, 너무나, 무척이나, 정말, 진짜' 같은 거품 부사들을 빼는 작업부터 해야 했다.

자기 연민에 빠져 청승을 떨던 글부터, 격한 감정으로 분출하는 활화산의 마그마였다가 지금은 싸늘하게 식은 쇳조각으로 뒹구는 글까지, 다시 읽으면 얼굴이 붉어진다. 더럭 무서워진다. 나의 이야기가 선명한 글자로 남고, 나는 옮겨갔는데 나의 흔적은 화석으로 굳어져 책 한 권에 담기게 된다는 것이.

그럼에도 이 글에 의미를 부여하고 싶다. 내 감정의 격동을 품어낸 이 글을 끝내 버릴 수 없다고 느낀다. 이 글이 어떤 이에게는 실낱같은 위안이 될 수 있기를 희망한다. 그럴 수 있다면 나의 낯 뜨거움 따위는 개의치 않을 수 있을 것 같다.

그때는 맞고, 지금은 틀린 이 이야기들이 쌓이고 쌓이다 보면 전체로서의 어떤 그림을 그려낼 수 있기를 바란다. 완성된 그림 안에는 전보다 조금은 성숙한 인간이 그려져 있기를, 가만히 기도한다.

KI신서 9958

유일한, 평범

1판 1쇄 발행 2021년 11월 17일
1판 3쇄 발행 2021년 12월 8일

지은이 최현정
펴낸이 김영곤
펴낸곳 (주)북이십일 21세기북스

출판사업본부 콘텐츠개발팀장 장인서
마케팅영업본부장 민안기
마케팅1팀 배상현 이보라 한경화 김신우
출판영업팀 김수현 이광호 최명열
제작팀 이영민 권경민
디자인 design S

출판등록 2000년 5월 6일 제406-2003-061호
주소 (10881) 경기도 파주시 회동길 201(문발동)
대표전화 031-955-2100 **팩스** 031-955-2151 **이메일** book21@book21.co.kr

ISBN 978-89-509-9790-8 03810